H. K.

AUCH AM TAG LEUCHTEN DIE STERNE

HILDE MYKLEBUST

Aus dem Norwegischen von Meike Blatzheim

CARLSEN

In Erinnerung

Knut Jarle (1977–1998) und Vivian (1979–2002)

Bei manchen Menschen lösen bestimmte Themen ungewollte Reaktionen aus. Deshalb findet ihr am Ende des Buches eine Liste mit sensiblen Inhalten.

DURCH DEN HELLEN SOMMERABEND ZIEHT RAUCH, ist von weit her zu riechen. Vom Strand her Rufe und Gelächter, Musik mit dröhnendem Bass. Dann sehe ich das Feuer. Ein dunstiger, warmer Schein, der uns anzieht wie das Licht Insekten.

Am Feuer liegen Leute, stehen rum, tanzen, trinken. In mir kribbelt es. Der perfekte Ferienbeginn. Vor ein paar Stunden noch haben wir in unserer Tracht die Zeugnisse entgegengenommen, verschwitzt und mit roten Gesichtern. Festlich und seltsam. Zehn Jahre Schule, check. Und jetzt liegt der Sommer vollkommen leer vor uns. Ich streiche mir mit der Hand durchs Haar, wuschele es zurecht. Fühle mich hübsch, fühle mich glücklich.

»Mia! Else! Hier sind wir!«

Halvor und Jens rufen uns von der anderen Seite der kleinen sandigen Bucht, sie sind schon gut dabei. Else und ich heben die Hand, gleichzeitig.

»Da sind sie!«

Ich spähe zu ihnen rüber. Are fehlt noch. Halvor und Jens ohne Are zu sehen, ist komisch. Die drei sind unzertrennlich. Wie Else und ich. Wie eigentlich wir alle fünf die letzten Jahre auf der Schule.

»The Fab Five« hat uns der Rektor heute genannt, sodass es alle hören konnten. Mann, wie peinlich. Aber auch ein bisschen cool.

Ein schmerzhafter Stich fährt mir in den Bauch. Ab Herbst werden wir getrennte Wege gehen, ich weiß, dass ich das hier vermissen werde. Diese Leute. Meine Freunde, so viele Jahre lang. An jedem einzelnen Schultag, so viele Jahre lang. Aber wir haben diesen Sommer, hier und jetzt. Jetzt sind wir hier, alle fünf. Die Sonne brennt, das Meer glitzert, die Musik dröhnt, scheiße, ist das schön!

Else streift die Sandalen ab, ich tue es ihr gleich. Der Sand ist nach dem langen Sonnentag immer noch warm. Mein Fuß sinkt ein, ich kneife die Zehen im Weichen zusammen.

»Voll schön!«

Else wirft mir einen Kuss zu, ehe sie sich die Gitarre über den Rücken schwingt. Ich habe meine längst geschultert. Die Kühltasche mit dem Bier tragen wir zwischen uns. Die Schuhe in der anderen Hand. Vom Meer fährt uns ein warmer Windhauch in die Haare. Aus dem Augenwinkel mustere ich Else. Entdecke diesen Blick, den sie manchmal hat, wenn sie zielstrebig ist, selbstbewusst.

Wir stapfen los. Grüßen unterwegs die Leute aus unserer Klasse, die in Grüppchen am Strand sitzen, wir lächeln, rufen ihnen was zu, aber wir gehen weiter. Alle wissen, wo wir hinwollen, alle wissen, wer wir sind, alle wissen, dass wir mit Are, Jens und Halvor rumhängen.

Ich spüre es. Dass wir cool aussehen, mit der Kühltasche zwischen uns, den Gitarren auf dem Rücken. Die Musik strömt aus einem Lautsprecher. Tiefer Bass, eine Stimme rappt, wir haben neue Sonnenbrillen, wir gehen im Takt, wir gehen in Shorts, wir gehen in T-Shirts, wir gehen in unserer eigenen Welt. Wir sind in einem Musikvideo oder in einem Werbefilm für irgendeinen heißen Scheiß.

Wir sind die Coolsten, die Freiesten, wir spüren es, und alle sehen es. Wir haben Gitarren und Bier. Come on, welche anderen Mädchen haben Gitarren und Bier oder einen Platz am Musikgymnasium Bratteberg? Nur wir zwei.

Ein paar von den Jungs bieten uns einen Platz im Sand an, wir sagen Danke, lachen, aber gehen weiter. Am Ziel lassen wir uns in den Sand fallen. Schütteln uns das verschwitzte Haar aus dem Gesicht, öffnen ein Bier, prosten Jens und Halvor glücklich zu. Sie haben ihre T-Shirts ausgezogen – und ganz schön Farbe bekommen. Jens mit seiner sanften Bräunung, die er von seiner Mutter hat, und Halvor, der jeden Sommer rot und sommersprossig wird, richtig süß.

Dann kommt Are, aus dem Nichts, und stürzt sich auf uns. Er muss direkt hinter uns gelaufen sein, ohne sich bemerkbar zu machen. Wir erschrecken, ich verliere meine Sonnenbrille und kippe nach hinten, Are thront über mir.

»Hey, was soll das?«

»Von wegen starke Frauen!«

Erst werde ich sauer, dann muss ich lachen. Dass man so Spaß dran haben kann, andere zu erschrecken. Are sprüht vor Energie und lacht sein leicht heiseres Lachen, das mich jedes Mal ansteckt.

»Lass mich los, Dulli!« Ich versuche, ihn wegzuschieben, trommle ihm gespielt wütend mit den Fäusten gegen die Brust.

»Nie im Leben!« Er packt meine Handgelenke, setzt sich auf mich. Ich gucke ihn genervt an, was soll das?

»Was machst du?«

»Ich lass dich nicht los. Nie im Leben, du bleibst hier, nix mit Bratteberg, nix mit Musikgymnasium, nix mit Wegziehen, klar? So leicht wirst du mich nicht los.«

Seine Augen funkeln mich an. Hat er getrunken, bevor er hergekommen ist?

Ich werde rot. Es ist mir peinlich, völlig idiotisch. Was soll das, verdammt?

Ich kenne Are seit dem Kindergarten. Zehn Jahre sind wir in dieselbe Klasse gegangen. Und jetzt bringt es mich aus dem Konzept, dass er mir so nah ist, auf mir sitzt, mich festhält. Das hat er schon tausend Mal gemacht. Aber etwas in seinem Blick ist anders, offener. Irgendwie fragend.

Ich gucke weg und merke, wie sein Griff sich lockert.

Wortlos steht er auf, lässt mich los.

»Sorry.« Sein Lächeln ist verschwunden.

Die anderen betrachten uns leicht verwundert. Aber es dauert nur den Bruchteil einer Sekunde, dann ist alles wie vorher. Ich spähe zu Are rüber, er wirkt wieder ganz normal.

Else nimmt ihre Gitarre. Klimpert ein wenig, doch die laute Musik aus dem Lautsprecher übertönt sie. Genauso schnell legt sie die Gitarre wieder weg.

»Spiel was, Else«, sagt Jens. »Die da drüben sind doch egal!«

»Keine Lust. Aber wer kommt mit schwimmen?«, fragt sie. Sie linst über den Brillenrand, lässt ihre Augenbrauen tanzen.

Jens und Halvor sind sofort dabei. Bevor ich eine Entscheidung treffen kann, sind sie schon in die Wellen gesprungen.

»Oh Mann. Wir sind doch gerade erst angekommen!«

Are öffnet einen Cider.

»Prost. Auf zehn verdammte Jahre.« Er grinst.

»Echt ganz schön krass.«

Wir schweigen. Ich denke an meinen ersten Schultag. Sehe alles genau vor mir, es hat sich mir ins Gedächtnis gebrannt. So groß hab ich mich gefühlt, da in der ersten Reihe, als ich auf eine Frage der Lehrerin hin die Hand hochreckte. Zu wissen, dass Mama und Papa irgendwo ganz hinten an der Wand saßen. Sie waren so stolz.

Aber an den ersten Tag der zweiten Klasse erinnere ich mich vielleicht sogar noch besser. Da ist Else zu uns gekommen. Ist zum Schuljahresbeginn in unser Dorf gezogen. Das neue Mädchen. Sie war wie ein Magnet. Von der ersten Sekunde zog sie mich magisch an. Sie war so anders als die anderen Mädchen in meiner Klasse. Ein bisschen wilder, irgendwie zäher. Wir waren nicht gerade viele Mädchen, nur fünf, und bis dahin hatte ich fast nur mit den Jungs gespielt.

Dann kam Else. Wie ein Luftzug im Raum, ich spürte es deutlich. Ich musste ihre Freundin werden. Ich musste einfach.

Ich spähe zu Else rüber, die mit Jens und Halvor von den Felsen in die Wellen springt. So ist sie, ein Kopfsprungmädchen. Stürzt fast immer kopfüber los, drauflos und hinein. Ich bin froh, dass wir uns eine Wohnung teilen und auf dieselbe Schule gehen werden. Mit ihr fühle ich mich sicher. So kann ich mich den ganzen Sommer über freuen, statt Angst zu haben und nervös zu sein. Wobei. Nervös bin ich trotzdem. Vor allem wegen der Musik. Bestimmt sind die anderen in der neuen Klasse saugut. So gut wie Else.

»Woran denkst du?«, fragt Are und blinzelt zu mir rüber.

Ich schaue ihn an und lächle, schüttle den Kopf. »Ach, an nichts. An den Herbst.«

Er nickt. Seine Augen wirken ernst.

»Und alles halt. Wie es wird und so«, sage ich.

»Ohne mich, hm?«

Sein Grinsen ist zurück, er bemüht sich, es wie einen Witz

klingen zu lassen, doch ich kenne ihn zu gut. Ein kleiner Unterton verrät ihn.

»Tja, das wird nicht leicht«, antworte ich im gleichen falsch scherzhaften Tonfall. Wir grinsen.

»Ich komm dich auf jeden Fall in Bratteberg besuchen. Mit meinem neuen Zweirad-Ferrari.«

Für seine albernen Witze muss ich ihn einfach gegen die Schulter knuffen. Er schreit auf, als hätte ich ihm wehgetan.

»Das hast du verdient! Weißt du schon, wann die Führerscheinprüfung ist?«

Are nickt zufrieden. »In zwei Wochen. Das wird super. Der Roller steht ja schon seit Monaten rum. Ich freu mich echt drauf, jeden Tag damit zur Schule zu fahren. Dann werden wir sehen, ob's den Tausch wert war.«

»Wenn du Else und mich besuchst, kannst du ja mal sehen, ob du auch Lust aufs Alleinwohnen hast.«

»Auf jeden Fall spannend!«

Ich lächle und nicke, spüre ein Ziehen in der Brust.

»Schade, dass es bei uns kein Musikgymnasium gibt, dann bräuchtest du kein Zimmer in der Stadt. Wärst du dann hiergeblieben?«

»Tja. Ja. Kann sein. Aber ich glaub, das wird echt cool. Also, ich bin bereit!«

»Wird komisch ohne euch.«

Are lässt den Blick über unsere planschenden Freunde schweifen. Er zieht den einen Mundwinkel hoch, als würde er gern lächeln, bekäme es aber nicht richtig hin. »Aber wir sehen uns ja an euren Wochenenden zu Hause. Sowieso.«

»Ja, Mann. Wir sind ja nicht aus der Welt.«

ARE GREIFT NACH MEINER GITARRE, zieht sie aus ihrer Tasche. Klimpert, summt vor sich hin. Er spielt so unglaublich gut. Viel, viel besser als ich, sogar besser als Else.

Die Sonnenstrahlen brennen auf meinen Rücken, ich schließe die Augen. Denke, dass ich diesen Tag nie vergessen werde. Mich immer an dieses Gefühl erinnern werde. So leicht, so leicht wie Luft. Und mein Herz flattert wie eine Fahne in der Meeresbrise. Ich lausche Ares Stimme, er singt ein Lied, das ich von irgendwoher kenne, aber ich will nicht nachfragen, will ihn nicht unterbrechen. Er lässt den letzten Ton in der Luft hängen, bevor er mit der Handfläche auf die Saiten schlägt und ihn jäh abbricht. Dann räuspert er sich, beginnt mit etwas anderem, irgendwas Klassischem.

»Wie gesagt: Ich versteh nicht, warum du dich nicht in Bratteberg beworben hast«, sage ich und meine es wirklich so.

Are zuckt die Schultern.

»Fühlt sich voll komisch an, dass Else und ich hingehen und du nicht. Schließlich warst du immer der Beste in Musik. Immer.«

Er lächelt schief und spielt ein paar kraftvolle Riffs, bevor er die Gitarre beinahe von sich schleudert, als hätte er sich verbrannt.

»Tja. Man darf auch ohne Musikgymnasium Musik machen, oder? Ich will halt noch was anderes tun. Was Praktisches, sonst dreh ich durch.«

»Versteh ich schon. Aber versprich mir, dass du nicht aufhörst, zu spielen, okay?«

Wir prosten uns zu, während Are nickt, die Augen geschlossen, feierlich und langsam. Das gibt mir Zeit, ihn genauer zu mustern. Die dunklen Wimpern, die kräftigen Augenbrauen. Plötzlich öffnet er die Augen, sie sind so blau, diese Augen, so unglaublich blau im Sonnenlicht, sie schauen direkt in meine. Blenden mich.

Die drei Badenymphen rennen auf uns zu, tropfnass. Als Else sich neben mich setzt, kann ich die Kälte ihrer Haut spüren. Bibbernd kramt sie in ihrer Tasche nach dem Handtuch.

»Erst mal aufwärmen, das war echt kalt.«

»Nur die Harten kommen in den Garten!«, johlt Jens und klatscht in die Hände. Alle lachen. Er klingt haargenau wie Arvid, unser Sportlehrer.

»Den werd ich echt nicht vermissen.« Are grinst.

DIE SOMMERNACHT IST SO HELL. Es wird gar nicht Nacht, nicht richtig. Es könnte auch Morgen sein. Und es ist egal. Wir sind betrunken und glücklich. Alle am Strand haben sich ums Feuer versammelt, wir sind viele aus der Zehnten, fast alle.

Are sagt etwas, und ich lache mich fast kaputt. Er ist so witzig. Alles, was er sagt, ist unglaublich komisch und gewagt und eigentlich voll doof. Auf einmal schlendern wir davon, nur Are und ich, allein, auf die Mole. So weit wie möglich aufs Meer hinaus. Da draußen ist der Horizont, schwer und rot.

Hinten am Strand wirft jemand eine Palette aufs Feuer, es prasselt, Funken sprühen gen Himmel und spiegeln sich im Wasser. Feuerzungen, die in unsere Richtung schwappen.

»Ich will dir was zeigen. Komm!« Are nimmt meine Hand und führt mich zurück zu den großen Steinen am Übergang zum Strand.

Jemand ruft hinter uns her, dass wir Spaß haben sollen.

Are dreht sich um und zeigt den anderen den Stinkefinger. »Fuck off.«

Kichern.

»OMG«, murmle ich, lache aber. Ein Schauer läuft mir über den Rücken.

Are zieht mich hinter einen Stein. Mein Puls steigt. Was will er? Was will *ich*, dass er will?

»Guck, hier!«

Ich zucke zusammen. Ein weißes Maul liegt zwischen den Kieseln im Sand. Ein Skelett mit großem Kiefer, dicht besetzt mit spitzen Zähnen.

»Ein Seeteufel«, sagt Are. »Cool, oder?«

Ich mache große Augen und nicke. In meinem Magen bebt etwas.

»Ich will ihn mit nach Hause nehmen. Hab ihn schon länger im Blick, und jetzt ist alles Fleisch und der ganze Dreck weg. Sauber gespült.« Are hockt sich in den Sand und streicht mit dem Finger über die glatten, weißen Knochen.

»Wie willst du den denn transportieren, fällt der nicht auseinander?«

»Nein, der Schädel ist aus einem Stück. Ich will nur den Schädel mit dem Kiefer.«

Ich gehe neben Are in die Hocke und betrachte den Fisch. Im Verhältnis zum Körper ist der Kopf riesig. Vorsichtig stupse ich mit dem Zeigefinger gegen die Zähne, sie sind messerscharf. »Krass!«

»Mia ... Bleibst du später noch? Hilfst du mir, ihn in die Kühltasche zu packen?«

Are schaut mich direkt an, sein Blick ist bittend, als wäre das hier wichtiger als alles andere. Er nimmt meine Hand.

DER ERSTE MONTAG IN DEN FERIEN, und Papa weckt mich um neun.

»Guten Morgen, Vögelchen!«, ruft er gut gelaunt.

»Hm«, mache ich im Halbschlaf. Ich bin immer noch fertig von der Strandparty am Wochenende.

»Denk dran, was du deiner Tante versprochen hast. Und außerdem: Mama sagt, ihr wollt die Elf-Uhr-Fähre nach Bratteberg nehmen, also musst du vorher noch alles erledigen.«

»Schon klar«, murmele ich und strecke mich. Meine Lider fühlen sich an, als hätte sie jemand zusammengeklebt. Papa freut sich doch, eine Ausrede zu haben, um mich zu wecken! Kaum geht es auf neun zu, findet er, ich habe lang genug geschlafen. Meine Familie besteht aus frühen Vögeln. Und aus Arbeitstieren. Wir haben keine Ferien wie normale Leute. Wir haben immer was zu tun.

Sommerferien sind keine *Ferien*, wenn man einen Bauernhof hat. Das Gras muss gemäht, geharkt und zum Trocknen aufgeschichtet werden, die Scheune muss neu gestrichen werden, Siloballen müssen gepackt, Zäune gesetzt, dabei muss gegraben, gebuddelt und genagelt werden und wer weiß was noch alles. Aber Sommerferien, das ist auch Baden am Wasserfall, das ist Fußball auf der Wiese, der grüne, schwere Geruch nach frisch gemähtem Gras, das ist die weite Berglandschaft, die süß nach Heidekraut duftet, das sind nackte Füße im warmen Matsch auf dem Weg zu einer geheimen Stelle am

Fluss. Vielleicht sollte es anders sein, nun, da ich kein Kind mehr bin, aber ich empfinde es immer noch so: Der Sommer ist etwas Magisches. Das elektrisierende Pulsieren von Grünspangrün, von Freiheit, von etwas, das auf den Höhepunkt zusteuert.

Ich strecke mich, lege Balder eine Hand auf den Rücken. Die Sonne scheint durchs Fenster und wärmt sein Fell. Eigentlich ist er schwarz, doch wenn das Licht auf die einzelnen Haare fällt, wirkt er beinahe braun. Er wedelt, schaut mich aus seinen klugen Augen an.

»Stell dir vor, Balder, keine Schule heute. Kommst du mit zu den Pferden?«

Das Wedeln wird heftiger. Dieser Hund versteht alles, was ich sage.

Es war eine dumme Idee, aber, tja, ich habe meiner Tante versprochen, mich um die Pferde zu kümmern, während sie im Urlaub ist. Und den Garten zu gießen. Und die Katze zu füttern. Okay, eigentlich der leichteste Job der Welt, aber gerade hätte ich nichts dagegen, die lang ersehnten Ferien etwas entspannter zu beginnen.

Die Pferde sind auf der Sommerweide, sie brauchen nicht viel Pflege. Gestriegelt werden müssen sie trotzdem, und die Hufe muss ich ihnen auch auskratzen. Und Liebe brauchen sie. Viel Liebe.

Ich stehe auf. Stelle mich auf den Fleck, an dem die Sonne ins Zimmer fällt. Schließe die Augen, sehe das Rot hinter den Augenlidern, spüre die Wärme auf der Stirn. Ich hätte Lust, auszureiten, aber wir wollen heute nach Bratteberg, Zimmer besichtigen. Wir, das sind Else und ich, unsere Mütter kommen auch mit.

DRAUßEN IST ES HERRLICH. Grün, grün, grün. Ich schnappe mir das Fahrrad, und Balder wufft zweimal aus reiner Freude. Bestimmt denkt er, dass wir erst Rad fahren und dann ausreiten. Auch ich bin voller Glück. Schwebe beinahe. Obwohl ich so müde bin, meine Beine so schwer sind, fühlt es sich an wie Fliegen, als ich schneller werde und zur Weide sause. Die Pferde stehen direkt am Zaun, sie werfen die Köpfe zurück, als ich näher komme, ich rufe sie, und sie antworten leise wiehernd. Das hier haben wir schon oft gemacht. Die sanfte, lange Abfahrt gibt mir Schwung, und hinter dem Zaun galoppieren die Pferde neben mir her. Um mitzuhalten, trete ich so stark in die Pedale, wie ich nur kann, wir sind nebeneinander, Balder bellt, ich lache und rufe – »Weiter, Jungs« –, und als sie ans Ende der Koppel kommen, bremsen sie scharf und laufen einen Bogen. Sie schnauben und strecken die Köpfe über das Gatter, während ich das Fahrrad abstelle. Ihre großen, warmen Körper bedrängen mich, als ich die Weide betrete. Eine kleine Handvoll Hafer für jeden und ein paar schnelle Bürstenstriche. Ich hebe die Hufe an, kratze den Dreck heraus. Es riecht nach Erde und Leder, süßlich und schwer.

»Barfuß ist im Sommer am besten, was?«

Sie legen jeweils den Kopf auf meinen Rücken, wenn ich die Hinterhufe anhebe.

»So. Ich wollte nur kurz checken, ob alles in Ordnung ist. Heute geht's nicht raus, okay?«

Sie wirken fast ein bisschen traurig. Ihre großen, dunklen Augen, von etwas helleren Wimpern umkränzt. Vor dem Gatter winselt Balder, er will zu mir rein, er auch. Ach, diese Viecher. Ein Ziehen in der Brust, kurz bleibt mir die Luft weg. Wie eine Sehnsucht, von der ich schon weiß, dass sie auf mich wartet.

ELSE BIEGT AUF DEN HOF EIN UND HUPT, winkt aus dem offenen Fenster. Sie fährt, ihre Mutter sitzt auf dem Beifahrersitz.

»Echt? Du fährst uns zur Fähre?«, frage ich beim Einsteigen und tue erschrocken. »*So* viel Zeit haben wir nun auch nicht!«

Ich grinse sie im Rückspiegel an, unsere Mütter lachen.

»Halt die Klappe!«

Else fährt ziemlich gut. Nicht, dass ich etwas anderes erwartet hätte, es gibt wenig, was sie nicht kann. Nur in Mathe ist sie nicht so gut, sonst eigentlich überall perfekt. Aber jetzt lässt sie ihre Mutter ans Steuer, sodass wir beide hinten sitzen können.

Die Wohnung, die wir besichtigen wollen, liegt an der Hauptstraße, nahe der Schule. Einen so kurzen Schulweg zu haben, wird komisch sein. Wo ich es doch immer so weit hatte, dass ich zweimal täglich in den Schulbus steigen musste, zehn Jahre lang.

»Ob das funktioniert, wenn sie so nah an der Schule sind?«, scherzt Mama. »Sagt man nicht, dass immer die zu spät kommen, die gleich um die Ecke wohnen?«

»Die zwei werden sich schon gegenseitig helfen«, meint Evy, Elses Mutter.

Auf dem Rücksitz gucken Else und ich uns an. Halten den Blick der anderen und lächeln. Jepp. Wir werden uns gegenseitig helfen. So wie bisher auch immer.

Die Fähre gleitet über den Fjord. Gleich am anderen Ufer liegt die Schule, ein großer, weißer Klotz. Riesig im Vergleich zu dem, was ich gewohnt bin.

Mein Magen zieht sich zusammen. Es ist gut und schrecklich, beides zugleich.

DIE VERMIETER SIND EIN ÄLTERES EHEPAAR. Aber sie wirken ziemlich fit und nett. Sie begrüßen uns freundlich und erzählen, dass sie gern Mieter aus dem Elvedal haben, nicht nur, weil die am Wochenende meist nach Hause fahren, sondern auch, weil die Leute von da nett sind.

Die Zimmer liegen im Souterrain. Das Ehepaar schließt auf und lässt uns dann vorgehen. Ein langer schmaler Flur mit vier Türen. Jeweils eine zu den beiden Zimmern, eine zur Küche und eine zum Bad. Die Zimmer sind ziemlich groß und hell gestrichen, haben aber nur je ein kleines Fenster weit oben unter der Decke. Die Küche ist komplett ausgestattet und hat sogar eine kleine Essecke, das gefällt mir. Die Wohnung hat fast einen Hauch von Zuhause.

»Voll möbliert. Hübsche Möbel, nicht wahr? Und das Bad ist neu«, preist die Vermieterin die Wohnung an. »Na ja, fünf Jahre ist es jetzt her, dass wir es gemacht haben.«

Unsere Mütter nicken, ja, stimmt schon.

»Wir gehen auf den Musikzweig, Sie werden also ab und zu ein bisschen Geklimper und Gesang ertragen müssen.« Else lächelt die Vermieter an und zeigt sich von ihrer bezauberndsten Seite.

Das Ehepaar lacht herzlich, die Frau schlägt die Hände zusammen. »Ach, das ist doch schön!«

Else und ich wechseln einen Blick und wissen, dass wir das Gleiche denken.

»Wir nehmen die Wohnung. Also, wenn Sie an uns vermieten wollen«, sage ich freundlich.

Mama wirkt irgendwie ernst und ein bisschen komisch. Sie schaut sich immer wieder angespannt um. Das hat sicher nichts mit der Wohnung zu tun, sondern damit, dass es wirklich so kommen wird. Dass ich ausziehe. Ihr kleines Mädchen. Wir waren eine Einheit, Mama, Papa und ich. Immer schon. Ich war das Kind, das aus heiterem Himmel zu ihnen kam, als sie dachten, sie seien so langsam zu alt dafür. Und jetzt zieht dieses Kind aus. Nach Bratteberg. Mehrere Stunden entfernt von den sicheren Armen der Mutter.

Auch in meiner Brust zieht es. Es ist vor allem Aufregung, aber da ist auch etwas Hartes, Kaltes, vielleicht Angst.

Ich schaue zu Else hinüber. Sie sieht nicht so aus, als gehe es ihr ähnlich. Sie lächelt ihr strahlendes Lächeln, umarmt mich und sagt: »Das wird so cool, Mia! Meinst du nicht auch?«

»Klar.« Ich gebe mir Mühe, begeistert zu klingen.

Mamas verstohlenen Blick bemerke ich.

»Ja, hier wird es euch gut gehen, Mädels«, sagt Evy.

»Dann sind wir uns einig?«, fragt der Mann. »Wir haben den Vertrag schon vorbereitet, falls Sie gleich unterschreiben wollen.«

Der Stift zittert, als ich nach Mama unterschreibe. Das hier fühlt sich so erwachsen an, auch wenn ich das Zimmer allein noch gar nicht mieten dürfte. Nichts lässt sich mehr zurückdrehen, zurück ist keine Option, alles donnert voran, eine Lokomotive voller Dampf und Druck.

Bevor wir fahren, machen wir einen Schnappschuss in dem

Zimmer, das meins wird. Wir blinzeln ins Licht, die Köpfe schräg im Bild, wir sind so was von cool, das Victory-Zeichen direkt in die Kamera, wir schicken das Bild an Are, Jens und Halvor.

City life, here we are.

DAS ZELT MUSS WARTEN. Als wir auf dem Festivalgelände ankommen, ist das Erste, was ansteht, ein Bier zu öffnen, uns die Campingstühle zu schnappen und einen Kreis um den natürlichen Mittelpunkt zu bilden, die Kühlbox. Ich nehme mir den alten Klappstuhl mit den großen Blumen drauf. Den liebe ich. Er erinnert mich ans Zelten als Kind. Damals brauchte ich nichts als einen Campingstuhl, Mama, Papa und den Kniffelbecher. Ich muss den Stuhl nur anschauen und flatterndes Glück schießt durch meinen Körper.

Auf der Bühne ist schon was los. Der tiefe Bass dröhnt in der Brust. Wahrscheinlich eine der Bands aus der Gegend, die vor dem eigentlichen Line-up auf die Bühne dürfen. Ich freu mich mega auf meine Lieblingsband.

»*So* toll sind sie jetzt auch nicht, aber schon ganz okay«, meint Are.

Mit seinen wirren Haaren und der Sonnenbrille mit den runden Gläsern sieht er aus wie ein echter Festivalhippie.

»Mach's doch nicht kaputt.« Ich tue, als würde ich schmollen. »Sie sind wirklich unglaublich gut. Wart's nur ab, du hast sie einfach noch nie live gehört.«

Jens und Else knutschen. Das geht seit der Mittelstufe so, sieht ganz so aus, als würde das nie aufhören. Aber mehr ist nie draus geworden, ist bloß zum Spaß, sagen beide. Und ich glaube ihnen, dass sie sich einig sind. Kein Ungleichgewicht.

»Wie wär's, wenn wir so langsam mal das Zelt aufbauen?«

Are guckt von Jens und Else zu mir, sein Blick gleichzeitig warm und prüfend. Als wollte er rausfinden, ob sich bei mir was geändert hat. Ich lächle. Doch es ziept im Herzen, wenn er mich so anschaut. Etwas gerät ins Schwingen.

Immer mehr Leute strömen dazu und lassen sich nieder. Verdammt, es ist höchste Zeit, das Zelt aufzubauen. Später werden wir nicht mehr dazu kommen.

»Else, hilf mir jetzt!«, kommandiere ich. »Hier, die Stangen. Die kommen da und da rein.«

Widerwillig kommt sie zu mir. Sie kichert.

»Meine Güte, was hast du es denn so eilig?«

»Ich werd das Zelt jedenfalls nicht mit Jens und dir teilen«, sage ich bissig.

»Nee. Das ist nicht der Plan.«

»Und mit Are auch nicht, kapiert? Falls ihr also vorhabt, dein Zelt zu belegen und Are zu mir rüber... – Kommt nicht infrage. Dann raste ich aus«, zische ich ihr zu.

»Nee, echt nicht. Entspann dich mal, was zickst du denn so rum? Ist irgendwas?«

Ich hole tief Luft und schüttele den Kopf. »Nein. Sorry.«

Else kommt näher und schaut mir ins Gesicht.

»Was ist das eigentlich mit dir und Are?«

»Wie meinst du das?« Ich gebe mir Mühe, meine Stimme ruhig und unschuldig klingen zu lassen.

»Komm schon, Mia. Ich bin doch nicht blind, ich kenn euch seit tausend Jahren.«

Ich schaue mich nach den anderen um, bevor ich Else ein Stück weiter weg ziehe, so tue, als wollten wir dort die Zeltstangen zusammensetzen.

»Keine Ahnung!«, jammere ich. »Es ist nur ... so komisch!

Verdammt, er guckt mich an, als ob ... Keine Ahnung, was das ist, mir wird jedenfalls total heiß, wenn er mich so anguckt, und das ist schrecklich!«

Else grinst. »Wusst ich's doch!«

»Aber verstehst du nicht, ich will das nicht!«

Meine Stimme zittert richtig. Ich bin völlig verzweifelt. Bin überzeugt, Ares Blick im Nacken zu spüren, auf meinem ganzen Körper.

»Mia! Jetzt hör mir mal zu. Entspann dich. Are ist unser bester Freund.«

»Eben!«

»Chill einfach, okay? Jetzt ist erst mal Festival. Kein Grund zur Panik. Denk an Jens und mich! Keinen Stress, okay?«

»Aber ihr seid irgendwie ...«

»Sch! Ruhe jetzt!«

Dann umarmt sie mich. Und schafft es, dass ich runterkomme und wieder happy bin.

DIE BAND BETRITT DIE BÜHNE. Ich strecke ihnen die Hände entgegen und juble, drehe mich zu Are. Mein Blick sagt: Wart's ab! Skeptisch hebt er eine Augenbraue und grinst.

Die Menschenmenge presst uns aneinander, Are legt von hinten seinen Arm um meine Hüfte, wie einen Schutzschild. So dazustehen, fühlt sich gut an, abgeschirmt durch seinen Körper. Es macht das Erlebnis noch größer, Are hält mich – und mein Glücksgefühl – fest.

Dieser sauschöne Song. Auf den hab ich gewartet. Mit dem ersten Ton falle ich in einen Fluss, einen Strom. Ein verhangener, schwerer Rhythmus. Meine Nackenhaare stellen sich auf. Ich singe mit. Lehne mich an Are. Er hält mich. Wir wiegen uns im Takt der Musik.

Ich höre seine Stimme an meinem Ohr: »Du hattest recht, das ist wirklich, wirklich gut.«

NACH DEN KONZERTEN schaffen es Are und Jens natürlich nicht mehr, ihr Zelt aufzubauen. Sie sind viel zu betrunken. Und mir ist egal, was mir vorhin solche Angst gemacht hat: dass ich das Zelt mit Are teilen muss. Nicht nur mit ihm, sondern auch mit Jens und Else, wird mir klar.

Aber das ist okay. Ich bin einfach nur glücklich und ein bisschen beschwipst, und die drei sind meine besten Freunde.

Are und ich sitzen vor dem Zelt, hören das Kichern der anderen beiden von drinnen. Wir haben sie reingescheucht, weil sie viel zu besoffen sind. Schnell wird es ruhig. Wahrscheinlich sind sie eingeschlafen, dicht aneinandergekuschelt, wie üblich.

Auf dem Festivalgelände ist es still geworden. Kann sein, dass bald schon Morgen ist. Nur vereinzelt sitzen noch welche vor den Zelten, andere pennen auf dem Boden.

Außer Ares Gitarre ist kaum mehr was zu hören. Das ist wunderbar, nach dem stundenlangen Dröhnen von der Bühne. So friedlich.

Er versucht den Song von vorhin nachzuspielen. Krass, wie gut sein Gehör ist. Ich hole tief Luft. Betrachte sein konzentriertes Gesicht. Jetzt würde ich mit ihm knutschen. Wenn er jetzt den kleinsten Vorstoß wagt, hat er mich. Aber das weiß er nicht, weil ich mich die ganze Zeit zurückgehalten habe. Warum eigentlich?

»Sollen wir schlafen gehen?«, frage ich abrupt.

Are hört auf zu spielen. Er guckt mich an, aufgeschreckt, als hätte ich etwas völlig Verrücktes gesagt.

»Was ist?«

Es ist nicht zu übersehen, dass er sich zusammenreißt.

»Nichts. Ja. Ja, klar, können wir.«

Es fehlt nur noch, dass er zu zittern beginnt. Ich bin schläfrig und angetrunken, ansonsten fühlt es sich gerade an, als hätte ich alles unter Kontrolle, die Sache mit Are und mein Leben. Keine Ahnung, ob das gut oder schlecht ist.

»Dann komm.«

Wir ziehen den Reißverschluss auf und betrachten die beiden ineinander verschlungenen Schlafenden. Sie liegen weit in der einen Ecke, es ist genug Platz für uns zwei.

»Das wird kuschelig«, murmelt Are, als er sich auf die Isomatte fallen lässt.

Ich schlängele mich neben ihn. Lege mich auf den Bauch, mit dem Gesicht zu ihm.

»Ich sollte die Kontaktlinsen rausnehmen«, sage ich, »und Zähne putzen, aber ...«

Liegen ist großartig. Es ist still im Zelt, da ist nur der Atem der anderen drei, der sich mit meinem mischt. Ares, direkt neben mir, geht schnell und gepresst. Are liegt auf dem Rücken, schaut mich nicht an.

»Alles klar bei dir?«, frage ich, schon im Halbschlaf.

Are räuspert sich. Erwidert nichts.

»Kannst du mich am Kopf kraulen?«, murmele ich.

Seine Hand zittert, als er mich berührt.

ALS ICH WACH WERDE, fühle ich mich wie eine Mumie. Völlig ausgetrocknet. Den Mund voller Gips. Die Kontaktlinsen scheinen mit meinen Augäpfeln verschmolzen und ganz hart geworden zu sein. Wetten, mein Hirn ist geschrumpft? Ich habe einen solchen Durst, ich könnte das komplette Tote Meer austrinken und würde erst hinterher merken, dass es salzig war. Ich blinzle unablässig, aber mein Blick bleibt verschwommen. Langsam hebe ich die Hände an die Augen und massiere die Lider mit den Fingerspitzen. Eine Hand berührt meine Wange, und ich schrecke zusammen.

»Scheiße, verdammt!«

»Hallo? Geht's noch?«

Ares Stimme. Ich blinzle in seine Richtung und erkenne ihn schemenhaft. Sein Gesicht ist unscharf, ich kann nur einzelne Teile ausmachen, die Augen, seinen Mund.

»Alles gut bei dir?«, fragt er erschrocken.

»Ja«, murmele ich, »sorry, ich kann nur nix sehen.«

Ich versuche, die Kontaktlinsen rauszunehmen. Sie haben sich an den Augäpfeln festgesaugt.

»Aaaaa!«

»Hier«, sagt Are und reicht mir eine Flasche. »Wasser. Ehrenwort. Die Flasche ist offen.«

Dankbar nehme ich sie entgegen, schütte ein bisschen davon in meine Handfläche und reibe es dann in die Augen. Es hilft tatsächlich. Langsam, aber sicher wird das Bild von Are vor mir klar. Seine zerzausten Haare, sein Lächeln und der besorgte Blick. Dann stürze ich den restlichen Flascheninhalt runter. Are grinst. Ich muss ebenfalls lachen. Verdammt, ist das albern.

»Hier drin sind es mindestens tausend Grad! Kein Wunder, dass ich mich wie ein ausgetrockneter Schwamm fühle«, sage ich. Mein Gesicht fühlt sich aufgedunsen an.

Are nickt. »Das muss an dir liegen, so hot, wie du bist«, sagt er und grinst spöttisch.

Oder flirtet er? Dass ihm jetzt nach Flirten ist. Das muss ein Witz sein. Verwirrt schaue ich zu ihm.

»Ja, gar keine Frage. Gut, dass du das siehst.«

Er wird ernst. »Ich mein es wirklich so. Du bist immer hot, Mia.«

Fetzen von letzter Nacht tauchen auf. Ares Hände. In meinem Haar. Auf meinem Bauch. Haben wir uns geküsst? Ich kann mich nicht erinnern, was passiert ist, nur, dass ich es wollte. Ich kriege keine Luft. Schweißtropfen perlen über meinen Rücken. Plötzlich fühlt es sich an, als könnte ich keine Sekunde länger hier drinbleiben. Hektisch drehe ich mich zum Zeltausgang und zerre am Reißverschluss. Ringe nach Atem, als ich die frische Luft im Gesicht spüre.

»Puh!«

Are kommt hinter mir aus dem Zelt gekrochen. Draußen sieht es aus wie auf einem Schlachtfeld. Zerdrückte Dosen, halb ausgetrunkene Flaschen, vergessene Schlafsäcke, Tüten, völlig fertige Leute. Wir schnappen uns jeder einen Campingstuhl. Verstohlen mustere ich Are. Er wirkt anders als sonst. Irgendwas ist anders.

»Das war mega gestern! Krasses Line-up haben die auf die

Beine gestellt. Echt cool für so einen kleinen Ort«, sagt er und setzt seine Sonnenbrille auf.

»Mhm«, mache ich.

Dann denke ich ans Konzert. Wie großartig es war. Und dass Are hinter mir stand, mich umarmt hat. Wie geborgen ich mich gefühlt habe. Warme Blasen zerplatzen in meinem Bauch. Irgendwas steigt in mir auf, wenn ich ihn anschaue. Ein Insekt mit Flügeln. Wind, der durch hohes Gras streicht.

»Und du hattest recht. Sie sind wirklich saugut!«

»Hab ich doch gesagt!« Ich strahle ihn an.

»Ich muss wohl noch lernen, dass du immer recht hast, Mia.«

»Stimmt.«

Wir lachen. Ein kurzes Lachen, das zu Stille wird. Als würden wir etwas suchen. Als müssten wir uns erst noch aufeinander einstellen, auf die Signale des anderen. Das Signal, das ich von Are empfange, ist eindeutig. In diesem Moment begreife ich alles, und ich begreife nichts.

Geschafft!

Wow, Glückwunsch!

Willst du eine Runde drehen?

OMG! Machst du Witze? Klar will ich!

Darauf hab ich mich am meisten gefreut:
dich mitzunehmen.

Echt?

Ja.

Wo willst du hin?

In den Sonnenuntergang.

♡

ARE SIEHT SAUCOOL AUS, wie er da auf dem Hof mit dem Roller auf mich wartet. Als er den Helm abnimmt, kommt ein freches Grinsen zum Vorschein.

»Wiiihiii! Glückwunsch! Voll krass!«, rufe ich.

»Aber echt.«

Ich umarme ihn kurz, er versucht, mich länger festzuhalten, sodass ich mich losreißen muss. Mein Puls schlägt bis zum Hals. Das Festival und die verschwommenen Erinnerungen an die Nacht im Zelt sind wie ein fester Knoten. Ich habe keine Ahnung, was ich tun muss, um ihn aufzudröseln. Ob ich näher rangehen muss oder weiter weg.

Are reicht mir einen Helm. Ich steige hinter ihm auf den Roller, halte mich an ihm fest. Spüre seine Wärme. Wie auf dem Festival, nur umgekehrt. Die Erinnerung bebt in mir. Es war schön, ihm so nah zu sein.

Als wir gerade loswollen, kommt Papa auf den Hof. Er hebt eine Hand, bedeutet uns, dass wir warten sollen.

»Fahr vorsichtig, Are, denk dran, dass du meine Tochter dabeihast«, sagt er und klingt nicht drohend. Auch nicht wütend. Nur besorgt. Gleichzeitig ist er sicher erleichtert, dass Are mich abholt und nicht irgendein älterer Typ mit Auto, einer, den er nicht kennt. Are ist schon als Kind hier über den Hof getollt. Jetzt hebt er die Hand an die Stirn, salutiert. Papa lacht zufrieden und nickt.

WIR FAHREN ÜBERALLHIN, nirgendwohin. Der Abend ist warm, der Fahrtwind umweht unsere Körper, die auf dem Roller über die Straßen sausen. Schließlich fahren wir ins Nachbardorf, um zu tanken und Burger zu essen. Es ist großartig, auf den Platz vor der Tankstelle einzubiegen und den Motor auszustellen. Auf den Bänken vor dem Laden sitzen ein paar Jugendliche, die ich nicht kenne. Sie beobachten uns, in ihren Blicken liegt Bewunderung für Ares Maschine. Plötzlich bin ich stolz. Ich nehme den Helm ab, dass die Haare nur so herausquellen, schüttle sie. Are bleibt kurz sitzen und kratzt sich am Oberschenkel.

»Hast du einen Krampf vom Fahren?« Ich lache.

Er dreht sich zu mir um. Seine Augen, vom Helm beschattet, sind dunkel. Er guckt mich an und auch wieder nicht. Es dauert nur eine Sekunde, dann ist der Moment vorüber. Er lacht, nimmt den Helm ab und wirft mir einen Blick zu.

»Tja, ich bin halt kein so erfahrener Reiter wie du!«, frotzelt er.

Ich grinse, spüre, dass ich rot werde. Dann gehen wir Seite an Seite rein, die Helme unter den Arm geklemmt. Ich spüre die Blicke der anderen. Bestimmt halten sie uns für ein Paar. Natürlich sehen wir wie ein Pärchen aus. Ich gucke Are an und er mich. Ich schaffe es nicht, seinen Blick zu halten, bin plötzlich verlegen, auf eine neue, idiotische Art.

»Ich lad dich ein«, sagt Are, als unser Essen fertig ist.

Und ich bin zu schwach, um zu protestieren. Vom Geruch nach Abgasen und Frittierfett wird mir schwindelig und mein Kopf ganz leicht. Ist das hier etwa so was wie ein Date?

Wir nehmen alles mit raus, setzen uns auf eine Bank ein bisschen entfernt von den anderen. Einer von ihnen grüßt Are.

»Kennst du den?«

»Mmja, ich weiß, wer das ist. Kommt wohl auch in die Metallklasse«, sagt er und nickt in die Richtung, wo die Schule liegt.

Ich schaue hoch zu dem grauen Betonklotz auf dem Hügel. Nicht gerade einladend. Der Gedanke macht mich ein bisschen traurig. Dass Are hier zu Schule gehen wird und ich in Bratteberg.

»Das wird bestimmt gut.«

Are seufzt, bevor er sich einen weiteren Bissen in den Mund schiebt. »Ich weiß gar nicht, ob ich noch hinwill«, murmelt er durch seinen Burger.

»Oh? Warum das?«

Er sagt erst wieder was, als er runtergeschluckt hat. »Alle, die mir wichtig sind, gehen weg. Ich hab gedacht, es wäre cool, den Führerschein zu machen und jeden Tag zur Schule zu fahren. Weiter zu Hause zu wohnen. Dass das Musikgymnasium irgendwie zu ... Ich weiß auch nicht. Ich weiß auch nicht, was ich gedacht hab. Aber jetzt will ich lieber mit dir zusammen sein«, sagt er, ganz ruhig, und guckt dabei nicht mal zu mir rüber.

Als wäre es die natürlichste Sache der Welt, so was zu sagen.

AUF DEM HEIMWEG kommen wir an einem verlassenen Haus vorbei. Ich rufe Are zu, dass er anhalten soll. Er biegt auf die Einfahrt und parkt vor dem verfallenen Haus. Die Sommernacht ist hell, das Dorf ganz still. Es ist einsam hier, niemand sieht uns, niemand weiß, dass wir hier sind.

Im dunstigen Abendlicht wirkt das Haus viel größer. Ich erzähle Are von der verrückten alten Dame, die früher hier gewohnt hat. Sie hatte jede Menge Katzen, und stets tapsten Kätzchen ums Haus herum. Auf uns Kinder wirkte das wie ein Magnet. Ich erinnere mich nur verschwommen an sie, wie sie sich einen Spaß daraus machte, uns zu verscheuchen, rief, sie würde jeden Augenblick auf uns schießen, und solchen Quatsch. Wir hatten eine Heidenangst vor ihr, aber die Kätzchen zogen uns trotzdem immer wieder zurück zu ihrem Haus.

Jetzt geht mir auf einmal auf, wie einsam sie gewesen sein muss. Warum hat sie uns dann vertrieben?

»Sollen wir gucken, ob wir reinkommen?«

»Okay«, stimme ich zu, »aber du musst vorgehen, nicht, dass sie sich noch an mich erinnert ...«

Are lacht und knufft mich in die Schulter. Die Tür geht leichter auf, als wir gedacht hätten.

Mein Herz pocht heftig, was wir tun, ist verboten. Drinnen ist es dunkler, ein muffiger Geruch schlägt uns entgegen. Verfaultes Holz, ein Hauch von Katzenpisse.

Ich gehe doch voran, Are ist gleich hinter mir. Ich kann seinen Atem in der Dunkelheit hören. Vorsichtig betrete ich das Haus. Einsamkeit versteckt sich dort. Ich spüre die Traurigkeit im ganzen Körper.

Plötzlich greift Are nach meinem Arm, im selben Augenblick, in dem der Boden unter mir nachgibt. Erschrocken schreie ich auf. Sekundenlang sind es nur Ares Arme, die mich halten, er zieht mich zurück auf festen Grund. Ich ringe nach Luft.

»Verdammt, das war knapp!«

Das Herz rast in meiner Brust, mein Körper fängt an zu zittern. Are hält mich immer noch. Ich spüre seinen Atem in meinem Haar. So stehen wir da, halten uns, in diesem düsteren, schweren Haus.

»Ich bin in dich verliebt, Mia«, flüstert er rasch, als müsste er die Worte aussprechen, bevor sie verschwinden. Als gäbe es sie nur hier und jetzt, in diesem Moment. Ich zucke zusammen, aber nicht von ihm weg. Starre in das Loch, das im Boden klafft. Ein schwarzer Umriss in der Dunkelheit.

Und ich kann nichts erwidern. Kann einfach nicht sprechen.

ZU HAUSE LIEGE ICH bis weit in die Nacht wach. Mein Körper bebt und brennt. Ich sehe Are vor mir, wie gut er auf seiner Maschine aussah. Wie es sich angefühlt hat, in die Tankstelle zu gehen, als Paar. Das komische Gefühl in dem verfallenen Haus. Die Atmosphäre, das Halbdunkel, und seine Stimme, die mir ins Ohr flüsterte. Das Herz schlug in seiner Brust, fast so schnell wie meins, dabei war ich es doch, die beinahe durch den Boden gerauscht wäre. Es kommt mir vor wie ein Traum, ist es wirklich passiert? Hat Are das wirklich gesagt? Hat er es ausgesprochen? Ich hatte vermutet, dass es so sein könnte, aber bisher wusste ich es nicht. Und selbst wenn ich es wusste, ich habe es nicht durchdacht. Nicht bis ins Letzte.

Kaum, dass ich endlich eingedöst bin, vibriert mein Handy. Are. Wer auch sonst. Ich schrecke auf. Meine Hand zittert, als ich die Nachricht öffne.

Danke für den schönen Tag!

Dir auch! War echt schön. Voll gut, dass du den Führerschein geschafft hast.

Ich hätte das nicht sagen sollen, oder?

Doch. Ist schon in Ordnung.

Sorry. Hoffentlich hab ich nichts kaputtgemacht. Na ja, jetzt weißt du's jedenfalls.

Ja. Brauchst dich nicht zu entschuldigen.
♡

♡
Schlaf schön.

Schlaf schön, bester Freund der Welt.

Bester Freund der Welt, warum hab ich das bitte geschrieben? Peinlich. Als wollte ich betonen, dass er nichts anderes ist. Ein Freund. Ein verdammt guter. Ein verdammt netter. Viel zu nett.

DRÖHNEND NÄHERT SICH DAS SCHNELLBOOT, zieht eine Schleppe schäumenden Wassers nach sich. Ich liebe diesen Anblick, den Moment, wenn das Boot um die Landzunge biegt und auf den Kai zusteuert. Irgendetwas daran macht mich glücklich, als würde es ein großes Vergnügen ankündigen.

Die anderen scheinen noch gar nicht bemerkt zu haben, dass das Boot kommt. Sie stehen als großer, fröhlicher Haufen am Ende des Kais. Es ist schön, sie von Weitem zu beobachten. Meine Leute. Ein kleiner Kreis Freundschaft. Und Are. Er hebt den Kopf und schaut sich um, hält Ausschau nach mir. Das macht er immer, als wäre ich ein Magnet und seine Augen würden von mir angezogen.

Er findet mich. Winkt kurz, ich lächele und gehe auf die vier zu.

Dann merken sie, dass das Boot da ist und wir einsteigen müssen. In Reih und Glied betreten sie die Gangway, sehen auf einmal wieder aus wie eine Schulklasse. Aber das sind wir nicht. Wir sind nicht auf Klassenfahrt, wir fahren nach Åsnes, um Jens' und Halvors neue Wohnung anzugucken und um zu feiern. Sie sind schon eingezogen, und dieses Wochenende sind ihre Vermieter nicht da.

Are wartet auf mich. »Hey! Da bist du ja.«

Ich laufe ein paar Schritte, um zu ihm aufzuschließen, folge ihm an Bord. Etwas passiert, wenn ich ihm nahe bin. Mein Körper verspannt sich, ist nicht mehr unbefangen. Are ist still, hält sich zurück. Er weiß, was er gesagt hat. Weiß nur zu gut, was er in dem verlassenen Haus zu mir gesagt hat. Und ich kann ihn nicht mehr anschauen, ohne die Worte zu hören.

Habe ich es gewusst? Dass er so starke Gefühle für mich hat?

Wir finden die anderen, sie sitzen an einem Tisch in der Cafeteria.

»Meinst du, wir kriegen Bier?«, höre ich Else an Jens gewandt fragen. »Bei dir klappt's doch immer!«

Jens zögert. »Meine Mutter kennt die Verkäuferin, ich glaub kaum, dass sich der Versuch lohnt.«

»Macht nichts, dann warten wir, bis wir in der Stadt sind«, meint Else grinsend.

Wenn sie besonders glücklich oder aufgeregt ist, macht ihre Stimme bei der letzten Silbe immer einen kleinen Kiekser nach oben. Das ist ziemlich süß.

Ich setze mich neben sie, sie legt den Arm um mich. Are sucht sich einen Platz ein bisschen entfernt. Wo immer er ist, ich merke es. Das ist erst seit ein paar Wochen so. Sein roter Pulli ist wie ein Schatten in meinem Gesichtsfeld, der niemals verschwindet, er ist da und wacht. Wartet. Keine Ahnung, worauf. Es erschreckt mich. Und ist gleichzeitig gut.

Ein Ruck, als das Boot an Tempo zulegt. Es kribbelt im Bauch.

Yeah, wir fahren in die Stadt! Zum ersten Mal alle zusammen, ohne Eltern, über Nacht. Längst nicht alle Eltern waren von der Idee begeistert, auch meine nicht. Aber was sollen sie schon dagegen sagen? Bald werden wir ohnehin allein wohnen - und sie nicht mehr mitkriegen, was wir tun. Bald werden sie uns nicht mehr unter Kontrolle haben. So ist das halt.

Als ich das verkündet habe, hat Papa mich angeguckt und wäre beinahe im Dreieck gesprungen. Was weiß ich, was er sich vorgestellt hat, es sah jedenfalls so aus, als würde er blindlings gegen lauter Monster kämpfen, um sein kleines Mädchen zu verteidigen.

»Wisst ihr, ob man in bestimmte Clubs leichter reinkommt als in andere, wenn man unter achtzehn ist?« Else ist bereit, es krachen zu lassen. Ihr Blick hungrig und klar.

»Ja. Zum Beispiel in die *Fregatte* und ins *Experience.* Die lassen alles rein, was auch nur kriechen kann. Da hast du 'ne echte Chance, Else.« Halvor grinst.

Else stößt ihn gegen die Schulter.

»Du hast gut reden, du siehst ja auch aus wie ein Student. Aber was ist mit mir kleinem Mädchen?«, sage ich, mache ein unschuldiges Gesicht und klimpere mit den Wimpern.

Halvor lacht.

»Das kriegen wir schon hin. Alle oder keiner.«

Ich lächele dankbar. Aber ich meine es ernst. In welchen Club komm ich schon rein, knapp eins achtundfünfzig und spindeldürr?

»Das hat doch nichts damit zu tun«, wirft Are ein, »nur weil du groß bist, kommst du ja nicht automatisch rein. Sie checken deinen Blick. Ob der erwachsen wirkt. Und deiner ist erwachsen, Mia. Deine Augen sind irgendwie älter als du.«

»Hä? Willst du damit sagen, dass ich 'ne Brille brauch?«, witzle ich. Dabei freue ich mich, dass er das sagt.

»Tja, ein bisschen altersweitsichtig bist du schon, hab bloß versucht, nett zu sein.« Are hat den Kopf schief gelegt und guckt mich gespielt besorgt an.

Alle grinsen. Ich schau zu Are, wir halten den Blick lange.

Meine Augen sind top in Ordnung. Ich sehe ihn schärfer als je zuvor.

IN ÅSNES VON BORD ZU GEHEN, ist wunderbar. Die Stadt vibriert vor Leben. Es ist Samstag. Die Sonne scheint und spiegelt sich in den Fenstern, die Leute bummeln durch die Straßen, essen ein Eis auf einer Bank, die Restaurantterrassen sind voller fröhlicher Menschen, die es sich schmecken lassen.

Auch wir sind fröhlich. Die Wohnung von Jens und Halvor liegt mitten im Zentrum, nicht weit vom Kai, aber erst müssen wir Bier kaufen. Wir schicken Jens, während wir anderen unauffällig vor dem Laden rumhängen. Erwartungsgemäß läuft es wie geschmiert. Beim nächsten Laden ist Halvor dran. Wir brauchen ja genug für alle, deshalb müssen wir mehrmals gehen.

Ich öffne meinen Rucksack, packe den Schlafsack aus und stattdessen ein eiskaltes Sixpack ein. Die feuchte Kälte der Dosen macht meinen Kopf ganz klar.

Wir johlen uns durch die Straße, und ruckzuck sind wir da. Stolz kramt Jens den Schlüssel raus und lässt uns rein. Jens' und Halvors Bude hat mit Elses und meiner in Bratteberg nicht viel gemein. Sie haben ein richtiges Wohnzimmer und alles. Die Wohnung liegt im Erdgeschoss und gehört den Leuten aus dem ersten Stock. Aber die sind ja verreist. Wir dürfen sogar in den Garten hinterm Haus. Dort kommt keine Sonne hin, aber was macht das schon? Warm ist es trotzdem und großartig, sich ins Gras fallen zu lassen und eine Dose Bier zu öffnen. Schaum quillt aus der Dosenöffnung, ich schlürfe ihn weg und muss kichern.

»Also ... Entschuldigen Sie. Wollen die Herrschaften nicht erst mal unsere Bude besichtigen? Ist Bier wirklich SO wichtig?«, fragt Halvor, seine Stimme kippt beinahe, dann stürzt er eine komplette Dose Bier auf einmal runter.

Wir lachen uns halb kaputt, es ist ansteckend, wir rollen über den Rasen und sprühen vor Lachen. Zufällig rollt Are nah an mich ran. Wir bleiben auf den Bäuchen im Gras liegen, dicht an dicht. Jens stellt unsere Playlist an. Die haben wir schon hundert Mal gehört, aber sie macht uns einfach froh.

Ich spüre Ares Bein an meinem. Der Stoff meines Kleids ist dünn, glatt. Das macht es der Wärme seines Körpers leicht, mich zu erreichen. Ich winkle die Knie an und strecke die Beine in die Luft.

»Schon cool«, sagt er und seufzt. Auf so eine Art, die mir zeigt, er ist nicht nur gut drauf, sondern auch ein bisschen traurig. Und neidisch.

»Ich hätte ...«, setzt er an, unterbricht sich selbst. »Was soll's.«

Ich sage nichts, weiß ja, was er denkt. Er hätte sich auch bewerben sollen.

»Ja, voll cool. Aber das Leben in der Stadt ist bestimmt auch ganz schön stressig«, sage ich schnell.

»Für dich vielleicht, kleines Bauernmädchen«, zieht er mich auf.

Ich funkle ihn böse an. Von einem einzigen Bier ist mir schon schwummerig. Ich beuge mich zu ihm rüber, die Augen immer noch zusammengekniffen. Auf einmal wirkt er beinahe ängstlich. Nicht, weil ich so tue, als wäre ich sauer, sondern weil ich so nah bin. Mein Gesicht so nah an seinem. Meine Haare fallen nach vorn, berühren ihn. Ich kann seinen Atem spüren. Seine Lippen sind so nah. Er schaut auf meinen Mund. Da rücke ich von ihm ab. Lache albern.

Are ist blass geworden. Kurz kräuselt er die Nase, als täte ihm irgendwas weh. Mit zwei großen Schlucken leert er sein Bier, macht gleich das nächste auf. Er dreht sich zu Halvor. Ich dreh mich zu Else.

Mein Herz rast, verdammt, verdammt, was war das? Ich wollte wirklich.

Wir sind voll. Aber bereit für die Stadt. Es ist noch nicht mal spät. Halvor hat behauptet, die Chance, in die Clubs reinzukommen, ist größer, je früher wir losgehen. Wenn wir selbstbewusst tun und gewissermaßen einfach reinschlendern. Als Gruppe, die ausgehen und Spaß haben will, nicht als Anfänger, die schon beim Vorglühen versackt sind.

Jepp. Ich bin selbstbewusst. Das spüre ich im ganzen Körper. Mit meinen Freunden an meiner Seite, an diesem Sommerabend, in der Stadt, in dem Gewimmel, das ich von zu Hause nicht kenne. Der Lärm der vielen Leute, die Touristen, das Fremde, das mich überall hinlockt.

Halvor geht voraus, wir versuchen es in der *Fregatte* und hoffen, dass sie uns nicht als einen Haufen Sechzehnjähriger enttarnen. Else richtet sich auf, wirft die Haare zurück, als wir auf den Club zugehen. Am Eingang steht ein Türsteher, ein älterer Typ. Wir unterhalten uns, als wäre es das Natürlichste der Welt, da reinzugehen. Else guckt dem Türsteher direkt ins Gesicht, lächelt ihr hübschestes, vertrauenerweckendstes

Lächeln und sagt Hallo. Er lächelt zurück, klar, muss er ja. Wer würde Else nicht anlächeln? Es ist, als hätte sie ein geheimes Tor geöffnet. Mit ihrem Lächeln teleportiert Else uns hinein. Swooosh. Da sind wir. So einfach ist das.

Es ist noch kaum was los. Aber sie haben eine Terrasse am Wasser. Das Licht ist jetzt rötlich, lässt alles golden wirken. Die Wellen plätschern, weiter draußen schreien Möwen. Ich fühle mich unendlich leicht, eben, beim Türsteher schlug mein Puls bis zum Hals. Jetzt sind wir hier.

Jens holt ein Tablett mit Bier, Are verteilt. Bevor er mir meins gibt, malt er ein kleines Herz auf den beschlagenen Plastikbecher.

»Bitte schön«, sagt er. Lächelt.

Eine Welle in mir. Keiner der anderen hat es gesehen. Nur wir zwei.

Nach und nach füllt sich der Laden, die Musik wird lauter. Wir gehen rein, mischen uns unter die Leute, bleiben aber zusammen.

Irgendwann stehe ich an der Bar und rede mit einem Typen. Er ist ein paar Jahre älter als ich, hat die langen Locken zu einem Pferdeschwanz gebunden. Er sieht aus wie ein Musiker, und es dauert nur drei Sätze, bis rauskommt, dass er genau das ist. Ich muss mich zusammenreißen, um nicht damit rauszuplatzen, dass ich in ein paar Wochen am Musikgymnasium anfange. Ich will nicht, dass er erfährt, dass ich noch nicht volljährig bin. Aber bald weiß er, dass ich Songtexte schreibe, komponiere und Gitarre spiele.

Wir stoßen an, er beugt sich vor und flüstert: »Du solltest unbedingt Frontfrau werden, so süß, wie du bist.«

Ich lache laut auf, aber eigentlich schmeichelt es mir, dass er gleich versucht, mich abzuschleppen.

»Nein, ich mach mich besser weiter hinten auf der Bühne.« Ich kichere.

»Das glaub ich nicht.«

Plötzlich beginnt sich der Raum zu drehen. Ich hole tief Luft, merke, wie betrunken ich bin. Übelkeit steigt in mir auf, ich schaue mich nach den anderen um, kann sie nicht entdecken. Ich schüttle den Kopf und lasse den Typen einfach stehen. Versuche, die Toilette ausfindig zu machen. Der Schweiß steht mir auf der Stirn.

Dann ist Are da.

Er stützt mich, lotst mich durch die Menschenmenge, raus auf die Straße. Frische Luft im Gesicht. Wir gehen zu einem kleinen Park, nur ein paar Bäume und eine Bank. Er setzt mich an einem Ende ab. Ich falle in mich zusammen und übergebe mich in den Mülleimer. Are hält mich. Und meine Haare hält er auch hoch.

»Ich glaub, ich muss nach Hause«, jammere ich und wische mir den Mund ab.

Are reicht mir eine Flasche Wasser. Wo hat er die her? Mir geht es immer noch schrecklich, aber ich fühle mich etwas klarer.

»Ich komm mit.«

»Was ist mit den anderen?«

»Die machen drinnen Party. Jens hat mir den Schlüssel gegeben.«

Ich schaue ihn dankbar an. Hebe die Hand und streiche ihm über die Wange.

»Are«, sage ich leise. Sein Atem ist gerade noch spürbar, als würde er sich kaum trauen, Luft zu holen. Seine Augen sind hell, ein bisschen gerötet. Er legt seine Hand über meine, an sein Gesicht.

»Du bist der beste Freund der Welt«, sage ich.

Er atmet tief ein. Unsere Hände verschränken sich ineinander, gleiten zwischen uns auf die Bank. Er beugt sich zu mir rüber. Ich nehme seinen Geruch wahr. Ein bisschen süßlich. Dann Lippen, warme, trockene Lippen. Ein paar Sekunden nur.

»Und du bist die beste Freundin«, sagt er.

AUF DEM HEIMWEG im Schnellboot am nächsten Tag sind wir eine ganz andere Truppe. Still, erschöpft. Else schläft, den Kopf an Jens' Schulter gelehnt, den Mund leicht geöffnet, sie ist echt völlig weg. Halvor und Are starren in ihre Handys, strengen sich an, die Augen offen zu halten. Ich schaue aus dem Fenster. Die Wellen türmen sich auf. Es ist grau heute. Man kann das Ufer kaum erkennen. Mein Handy pingt. Langsam ziehe ich es aus der Tasche.

Das gestern war schön.

Ich hebe den Kopf und schaue zu Are rüber. Sein Ernst? Er schickt mir Textnachrichten aus zwei Metern Entfernung? Are guckt zurück und grinst. Ich ziehe die Augenbrauen hoch und muss lachen. Dann tippe ich eine Antwort. Konzentriert starre ich aufs Display und schaue kein einziges Mal auf:

Ja. Sehr. Danke, dass du dich um mich gekümmert hast.

Das ist alles, was ich will.

Du ... ♡ Ist das nicht ein bisschen komisch, dass wir quasi nebeneinandersitzen und texten?

Ein bisschen. Kannst du drüber sprechen?

Nein.

Eben ...

Ich brauch ein bisschen Zeit, glaub ich. Wir waren doch immer beste Freunde.

Das können wir ja trotzdem weiter sein. Zusätzlich.

Fragt er mich, ob ich mit ihm zusammen sein will? Ich klammere mich an mein Handy. Schwitze. Brennende Übelkeit liegt mir schwer im Magen. Der gestrige Abend klebt wie ein zäher Film an mir, ich kann nicht klar denken, funktioniere nicht. Kann nichts tun als auf mein Handy starren.

Es knackt im Lautsprecher, wir sind da. Mit einem lauten Schnarchen schreckt Else auf, und alle lachen, auch sie selbst. Ich spüre, dass Are meinen Blick sucht. Er bekommt ihn nicht. Ich schiebe das Handy in meine Tasche.

PAPA HAT DIE MÄHMASCHINE GESTARTET. Das tiefe Dröhnen mischt sich ebenso mit dem schweren Duft des Sommers wie der Geruch nach Benzin und frischem Gras. Papa fährt voran und mäht, ich folge ihm mit dem Rechen und harke das Gras beiseite, weg von dort, wo die Wiese noch steht. Es ist voller Sommerblumen, büschelweise Lichtnelken, ich sortiere sie aus und nehme mir vor, Mama daraus später einen riesigen Strauß zu binden. Ich werde nie zu alt sein, um Blumen für Mama zu pflücken. Das weiß ich einfach. Es zieht in der Brust, als ich an das Zimmer in der Stadt denke. Wie schafft Else es, sich einfach nur zu freuen? Manchmal vermute ich fast, dass sie ein bisschen verrückt ist. Irgendeine fehlende Verbindung im Kopf. Das gibt's doch gar nicht, dass man nie Angst hat! Ich jedenfalls freue mich nicht nur, ich habe auch Schiss. Offenbar bin ich jemand, der immer auch Bedenken hat. Egal, worum es geht. Den Auszug von zu Hause. Are. Kann ich nicht auch mal hundertprozentig sicher sein?

Ich konzentriere mich auf meine Aufgabe. Wie gut es tut, bloß durch die Wiese zu gehen und zu arbeiten. Das ist ganz einfach. Einen Fuß vor den anderen setzen. Das Gras beiseiteräumen, mich bereit machen für die nächste Fuhre. Nicht so viel denken. Nur tun. Aber die Gedanken an Are suchen sich trotzdem ihren Weg. Die Gedanken an das Wochenende in der Stadt. Wie er sich um mich gekümmert hat. Der Kuss auf der Bank. Noch mehr Küsse, auf dem Heimweg, in der Wohnung, bevor ich eingeschlafen bin wie ein Stein. Zum Glück. Ich war betrunken, kann ich es darauf schieben? Ich wollte es. In dem Moment wollte ich es. In dem Moment war es wunderschön. Jetzt fühlt es sich nicht mehr so gut an. Ein kaltes Gefühl in mir. Eine dünne Reue, oder vielleicht auch nicht. Die Nachrichten auf dem Boot. Die letzte, in der Are geschrieben hat, dass wir trotzdem noch beste Freunde sein können, und die ich immer noch nicht beantwortet habe. Das ist beschissen, das weiß ich. Ich bin eine Idiotin.

Plötzlich stoppt Papa und zeigt auf Balder. Der hat die Schnauze ins hohe Gras gebohrt, sein Schwanz sticht hervor wie der Zeigefinger eines emsigen Schülers, kreiselt hektisch, weist uns den Weg.

»Gehst du nachschauen?«, ruft Papa, bevor er weitermäht.

Ich pfeife Balder zu mir, er hebt den Kopf und rennt eifrig auf mich zu.

»Was hast du gefunden?«, frage ich. »Etwa die Waldschnepfe?«

Gestern Abend haben wir den Balzgesang gehört. Papa war sich ziemlich sicher, dass die Schnepfen ihr Nest irgendwo in der Nähe haben, und offenbar hat er recht. Vorsichtig streiche ich mit dem Rechen dort entlang, wo Balder stand. Die reifen Gräser setzen Wolken goldenen Staubs frei, bevor sie sich zur Seite neigen.

Da liegt sie. Die Vogelaugen so dunkel im Gras. Glasperlen. Der weiche, flaumige Körper presst sich auf die gefleckten Eier. Ich drehe mich zu Papa um, winke und gestikuliere. Er nimmt eine Hand vom Lenkrad, hebt den Daumen und lächelt zufrieden.

Die Henne schaut mich an. So voller Angst. Aber sie flieht nicht. Ich stecke den Rechen in den Boden, markiere das Nest und dass wir hier einen Bogen machen müssen. Wir werden eine Insel aus Gras stehen lassen, unberührt.

Vorsichtig ziehe ich das Handy aus der Tasche, beuge mich runter, zoome ein bisschen und mache ein Foto. Es wird ganz gut. Der Schnabel und das Auge sind scharf. Der Körper ist etwas verschwommen, bildet aber einen schönen, braungesprenkelten Hintergrund.

Ich schicke das Bild an Are. Schreibe darunter:

Eine ängstliche kleine Waldschnepfe.

WIR SIND GAR NICHT besonders weit gegangen. Und trotzdem ist es wunderbar, die Hütte dort liegen zu sehen. In einer geschützten Bucht, direkt am Ufer, klein und rot. Ich bleibe stehen, die anderen laufen weiter, plaudernd, lachend.

Es ist Spätsommer, das Heidekraut blüht lila. Ein süßer, warmer Duft liegt über den Bergen.

Mein Blick ruht auf den vieren dort vorn. Lachende Stimmen flirren über den See.

Bald ist es so weit. Nächste Woche geht es los. Das neue Schuljahr, das Leben in der Stadt. Bald werden wir in alle Richtungen versprengt sein, wir fünf, die heute noch zusammen sind.

Are läuft vorn, gibt das Tempo vor. Er geht gleichmäßig, hält ab und zu inne und lässt den Blick schweifen. Als wollte er das alles in sich aufsaugen: die Sonne im Nacken, die Freunde, die offene Berglandschaft, seine Hütte mit all den Kindheitserinnerungen. Dann lässt er die anderen vorbei, dreht sich um und schaut mich an. Wartet. Breitet die Arme aus, als wollte er mir alles zeigen.

Er scheint ganz im Hier und Jetzt. Als verliehe ihm dieser Ort Kraft. Er macht etwas mit ihm, und das zieht mich an. Ares Ausstrahlung ist wunderschön, ich will nichts als bei ihm sein. Ganz nah. Ob das geht?

Langsam hebe ich die Hand und winke ihm zu. Ich komme. Ich bin da. Ich komme. Warte nur kurz, dann bin ich da.

ARE UND ICH TRETEN AUF DIE VERANDA. Es ist mitten in der Nacht. Wir haben getanzt und den Ofen angefeuert, bis wir glühten. Der See liegt still vor uns, kein Windhauch ist zu spüren. Doch die frische Nachtluft kühlt die Stirn. Die Nächte sind nun dunkler. Bald wird man die Sterne wieder sehen.

»Im Sommer vergesse ich ganz, dass es Sterne gibt«, sage ich.

»Am Tag vergesse ich sie auch.«

Are legt einen Arm um mich und holt Luft. Ich spüre, wie bewusst er diesen Moment in sich aufnimmt. So nah bei mir zu sein. Sein Körper bebt. Ich lege meinen Kopf an seine Schulter.

»Unglaublich, dass sie immer da sind«, sage ich.

»Es muss nur dunkel genug sein, dann sehen wir sie.«

Alles Gute für den Umzug morgen!

Danke ♡ Dir auch alles Gute für den ersten Schultag.

Ich werd dich vermissen.

Und ich dich.

Wirklich?

Ob ich dich vermissen werde? Klar!

Das meinte ich nicht.

... Was denn dann?

Vergiss es. Aber nicht mich!

Hallo, warum so dramatisch?! Ich komm doch nächstes Wochenende schon wieder nach Hause.

Ich hab bloß Angst, dich zu verlieren.

Das wird nicht passieren.

Nein?

Nein.

DEN GANZEN SOMMER ÜBER hingen die Schlüssel für die Wohnung über meinem Schreibtisch. Glänzend, neu. Nun nehme ich sie ab und stecke sie ein. Die Taschen mit meinen Klamotten sind gepackt.

Balder kommt auf mich zu, wedelt langsam. Traurige Augen.

»Guck mich nicht so an, du!«, flüstere ich und umarme ihn. Der warme, weiche Balder. Ich werde ihn so vermissen. Wenn ich zu Hause bin, läuft er mir stets vor den Füßen rum, ist nie weit weg, kommt immer sofort.

»Denk einfach dran, wie schön es freitags wird, wenn ich nach Hause komme!«, sage ich tapfer und spüre den Kloß im Hals.

Mama taucht im Türrahmen auf.

»Bist du so weit?«

»Schau dir Balder an!«, schniefe ich.

»Jaaaa«, sagt Mama, »du weißt doch, er ist immer traurig, wenn jemand aufbricht. Besonders bei dir. Er hat schon verstanden, dass du eine Weile weg sein wirst.«

»Es sind ja nur fünf Tage.«

Ich küsse den Hund auf den Kopf. Stehe auf, greife nach meiner Tasche und werfe sie mir über die Schulter.

Mama nimmt meine Gitarre. »Ist ja gut, Balder. Du darfst hier bei uns bleiben, du feiner Junge. Mia kommt bald zurück.« Sie streicht mir über die Haare. »Nicht zu fassen, dass du ausziehst, was?«

ELSE UND ICH GEHEN AN DECK. Von dort aus kann ich Papas Auto sehen. Ich winke, er winkt zurück, ein leichtes Wackeln mit den Fingern nur, als würde er auf den Tisch trommeln oder Klavier spielen. Dann schließt sich die Schranke, und er fährt weg.

Tausendmal bin ich mit dieser Fähre gefahren. Aber heute fühlt es sich anders an als sonst. Auf der anderen Seite des Fjords wartet etwas auf mich, das mehr ist als nur ein bisschen Shopping oder ein Cafébesuch. Der Ort, an dem ich wohnen werde. Vielleicht nicht gleich ein Zuhause, aber zumindest der Ort, an dem ich die meiste Zeit verbringen werde. Montag bis Freitag. Montag bis Freitag in Bratteberg.

Der Augustsonntag ist warm. Auf dem Oberdeck in der Sonne entdecke ich eine Menge bekannter Gesichter. Else und ich sind nicht die Einzigen mit einem Zimmer in der Stadt. Ziemlich viele Leute aus Elvedal gehen dort aufs Gymnasium. Vigdis winkt uns zu. Als sie in der Zehnten war, haben wir oft was zusammen gemacht, aber nachdem sie weggezogen ist, haben wir uns aus den Augen verloren. Jetzt ziehen *wir* weg. Wird uns auch jemand aus den Augen verlieren?

Die Fähre nähert sich dem Ufer, und ich sehe das Gymnasium auf dem Hügel liegen. Ein weißer Koloss. Riesig.

»Ist schon was anderes als die Schule in Elvedal«, kommt es trocken von Else.

»Wetten, ich verlaufe mich auf der Suche nach der Mensa?« Ich lache.

Else schnaubt amüsiert.

Zum Glück hat der Musikbereich einen eigenen Trakt, gleich neben dem Hauptgebäude. Das werde ich ja wohl hinkriegen.

Else holt tief Luft. »Das wird SO cool.«

OBWOHL DRAUßEN HITZE HERRSCHT, ist es kühl im Zimmer. Ich mache mich sofort daran auszupacken, stapele alles aufs Bett, bevor ich die Sachen in den Schrank räume. Ich weiß schon, was ich morgen zur Schule anziehen will. Aufzufallen ist mir nicht wichtig, obwohl ich jede Menge coole Kleidung besitze. Einiges davon habe ich sogar selbst genäht, aber die Sachen müssen warten. Für morgen ist T-Shirt-Wetter angesagt. Deshalb fällt meine Wahl auf eine Jeans und das Festival-Shirt aus dem Sommer. Bestimmt bin ich nicht die Einzige aus der Schule, die da war. Der perfekte Aufhänger, dann hat man gleich was, worüber man quatschen kann. Eine ganze Menge Leute kenne ich vom Sehen, aber Else ist die Einzige, die ich *wirklich* kenne. Ich höre sie nebenan herumhantieren. Sie stellt die Möbel um, schiebt das Bett auf die andere Zimmerseite, unters Fenster. Dann plötzlich Klaviergeklimper. Es klingt wunderschön durch die Wand. Ich bin froh, dass Else ihr E-Piano mitgenommen hat. Wir werden jede Menge Musik machen.

Mein Handy vibriert. Erst denke ich, es ist Are, aber die Nachricht stammt von Mama.

Schön, dass du gut angekommen bist. Viel Glück für morgen! Ruf nach der Schule mal an. Wir sind sehr stolz auf dich. Gruß und Kuss von Mama und Papa.

Als Antwort lasse ich Herzchen über das Display tanzen.

Eine Sekunde später kommt ein Bild von Jens und Halvor, für die steht morgen ja auch der erste Schultag an, in Åsnes. Sie sind in der Stadt, also: richtig in der Stadt. Was ist schon Bratteberg im Vergleich zu Åsnes? Auf dem Bild sitzen sie vor je einem Bier auf irgendeiner Restaurantterrasse. Episch. Niemand würde auf die Idee kommen, dass die beiden auch nur einen Tag jünger sind als achtzehn. Was superpraktisch ist, denn seit wir begonnen haben, Bier zu trinken, haben immer sie uns versorgt. Nur zu Hause in Elvedal geht das nicht. Da wissen alle, wie alt man ist.

Von Are habe ich seit gestern Abend nichts gehört. Vielleicht hat er einfach keine Neuigkeiten, nichts, was er mit uns teilen könnte, wo er doch in Elvedal geblieben ist. Ob er sich wünscht, er wäre hier? Oder mit Jens und Halvor nach Åsnes gezogen? Dass Are gerade zu Hause in Elvedal sitzt, ist eine schräge Vorstellung. Für ihn ist heute ein Tag wie jeder andere. Okay, auch er fängt morgen an einer neuen Schule an, aber dass er allein zurückgeblieben ist, ist irgendwie komisch. Ich vermisse ihn jetzt schon. Es fühlt sich an, als hätte ich ihn verlassen. Wir haben den Sommer über so viel Zeit zusammen verbracht. Es ist so viel passiert. All diese neuen Gefühle. Und dann bin ich abgehauen. Sind wir alle vier abgehauen. Else und ich, Halvor und Jens. Während Are zurückgeblieben ist.

Ich greife nach dem Handy und will ihm eine Nachricht schicken. Aber dann weiß ich nicht, was ich schreiben soll. Mein Kopf ist leer. Ich krieg's nicht hin.

Ich freue mich schon auf Besuch von dir,

tippe ich, lösche den Text.

Keine Ahnung ... Wer weiß, womöglich steht er sonst gleich vor der Tür. Ich traue ihm zu, dass er sofort auf den Roller steigt und herkommt.

Else klopft an die Tür und steckt den Kopf ins Zimmer. Wir haben ausgemacht, dass wir nicht einfach reinkommen.

»Darf ich Sie zu einer köstlichen Tasse Tee in unsere hübsche Küche bitten?«, fragt sie und klimpert mit den Wimpern.

Sie strahlt glücklich. Keine Spur von Heimweh oder Nervosität. Else schaut niemals zurück. Springt kopfüber in die Zukunft. Während ich zitternd und x-beinig am Beckenrand stehe, voller Angst, bevor ich hinterherplatsche.

JE NÄHER WIR DER SCHULE KOMMEN, desto mehr Schülerinnen und Schüler strömen herbei, rinnen die Hügel herab, quellen hinter den Schulgebäuden hervor. Hunderte Schüler auf derselben Schule, das ist ungewohnt. Aber ich spüre ein Kribbeln. So viele neue Leute. Mit wem werde ich mich anfreunden? Ein Glück, dass gutes Wetter ist, so kann ich die Sonnenbrille auflassen und die anderen heimlich mustern.

Es ist nahezu lächerlich leicht, die älteren Schülerinnen und Schüler auszumachen. Sie steuern routiniert auf das Gebäude zu, wissen, wo sie hinmüssen, wo alles ist. Sie kennen die Schule in- und auswendig. Und dann kommen wir, die Neuen. Sind wieder die Kleinsten. Die anderen sind schon ein paar Level weiter. Und wir die Noobs. So fühlt es sich an. Wir schwirren umher, sind unsicher, ich spüre förmlich, wie mir zwei geflochtene Zöpfchen wachsen und sich mein schwarzer Rucksack in einen hellblauen Ranzen mit rosa Herzchen verwandelt. Und ja, ich habe wirklich eine neue Schultasche und ein neues Federmäppchen bekommen! Das bringt mich zum Lachen.

»Worüber lachst du?«, fragt Else prompt.

»Es ist nur ... Plötzlich fühle ich mich wieder wie ein kleines Mädchen in der ersten Klasse!«

»Ah. Du *bist* in der ersten Klasse! Der ersten Klasse der Oberstufe. Aber das ist doch voll okay. Wir sind die Neuen. Wir bringen frischen Wind rein. Die anderen sind so was von gesettelt und langweilig und schon seit Ewigkeiten hier. Vergiss das nicht!«

Else und ich bahnen uns unseren Weg zum Musikgebäude. Schon auf den ersten Blick wird klar, dass es viel cooler ist als das öde Hauptgebäude. Der Trakt ist neuer, aber das ist es nicht. Riesige Klaviertasten schmücken ihn, und an den Wänden sind überall Noten.

Vor dem Eingang chillen etwa zwanzig Schülerinnen und Schüler in der Sonne. Einige sitzen auf den Bänken, andere haben es sich in kleinen Grüppchen auf dem Boden bequem gemacht. Ein paar stehen auch allein rum, aber das scheint ihnen nichts auszumachen.

Ich spüre gleich, dass hier etwas anders ist. »Individualisten«, hatte unser Beratungslehrer in Elvedal gesagt. »Weißt du, Mia, die Individualisten entscheiden sich für den Musikzweig. Die, die ihren eigenen Weg gehen und wissen, wer sie sind. Weißt du das auch?«

Ich atme tief ein. Weiß ich, wer ich bin? Nichts weiß ich. Aber ich bin mir ziemlich sicher, dass diese Schule ein guter Ort ist, um es herauszufinden.

Plötzlich bleibt Else stehen, schnappt nach Luft und späht über den Rand ihrer Sonnenbrille. Einen Moment lang starrt sie ungläubig auf eine Gruppe Leute, bevor sich ein breites Grinsen auf ihrem Gesicht ausbreitet.

»Du machst Witze!«, sagt sie laut, und alle in der Nähe drehen sich zu uns um. Ich lasse mir nichts anmerken, während ich versuche rauszufinden, wen sie meint.

»Else?!«

Ein langhaariger schlaksiger Typ steht vom Boden auf und kommt auf sie zu, streckt seine langen Arme nach ihr aus.

»Adil? What the ... Das gibt's doch nicht!«

Else schmeißt sich in eine Umarmung, und er schließt die Arme um sie. Mein Hirn rattert, bis mir endlich ein Licht aufgeht. Es muss *der* Adil sein. Der, den Else vor zwei Jahren auf Zypern kennengelernt hat, zusammen mit seinem Kumpel Georg, ihrer ersten Liebe. Seitdem habe ich alles Mögliche über die beiden gehört. Wie cool sie waren. Wie gut sie Gitarre spielen konnten, wie sie zweistimmig für Else gesungen haben, während die sonnengebräunt am Strand lag und bla, bla, bla. Ich erinnere mich noch, wie sehr mich dieses Zyperngeschwätz damals genervt hat, die nicht enden wollenden Schwärmereien von Adil und Georg und den tollsten Sommerferien überhaupt. Sonnenuntergänge am Strand, feuchte Küsse und so weiter, glücklicherweise ist das alles irgendwann verebbt und es wurde still. Das muss er sein. Die dunklen, lockigen Haare. Der hoch aufgeschossene Körper, das Lächeln. Ich habe Fotos von ihm gesehen, aber auf denen war er kaum mehr als ein kleiner Junge. Jetzt ist er anders.

»Ich hatte keine Ahnung, dass du in Bratteberg bist. Hätte ich mir ja denken können!«

»Hättest du. Ich bin schon seit letztem Jahr hier!«

Sie lachen und betrachten einander so ungläubig, als würden sie ihren Augen immer noch nicht trauen.

»Das ist ja echt was!«

Else stellt mich vor, und Adil wendet sich mir zu. Er hält meinen Blick, streckt die Hand aus. Als wir uns berühren, kribbelt es.

»Hey«, sage ich und hätte ihm gern so ein cooles Else-Grinsen zugeworfen, aber ich habe nur ein dummes, schmales Mia-Lächeln im Angebot. Mehr bekomme ich nicht hin.

»Ihr fangt am Musikzweig an?«

»Jepp. Selbstverständlich. Wir teilen uns eine Wohnung mitten im Ort. Du musst uns unbedingt mal besuchen! Hast du auch ein Zimmer hier?«

Adil schüttelt den Kopf.

»Nope. Meine Familie ist letztes Jahr hergezogen. Ich wohne also noch zu Hause bei Mama«, erwidert er und legt den Kopf schief.

»Waaaaah, so krass, dich wiederzusehen, Adil!«, kreischt Else wieder los, und im selben Moment klingelt es zur ersten Stunde.

Alle sollen sich in der Aula versammeln. Wo auch immer die ist. Wir folgen dem Strom der Schülerinnen und Schüler. Und Adil. Adil kennt sich aus. Er ist in der Zwölften.

Hi, Music Girl! War's gut?

JA!! So ein toller erster Tag! So eine mega Klasse! So eine irre Schule! Ich fühle mich wie neugeboren. Also, keine Ahnung, wie es sich anfühlt, geboren zu werden ... Bestimmt nicht so gut wie das hier. Egal, ich bin jedenfalls brandneu!

Wow. So begeistert. Neu also? Dabei mag ich die gute alte Mia. Seufz.

Sorry, die ist leider weg. Tot. Verschwunden.

Nein!!!

😊 Wie war's denn bei dir?

Voll okay.

?! Mehr nicht?

Jo.

Hm. Wird schon noch gut werden.

Manche Sachen werden nie gut.

Wie meinst du das?

Genau so.

... bald ist Wochenende. Das große Wiedersehen!

Gut so. Ich vermiss dich wahnsinnig. Euch alle.

♡♡♡♡♡

»WIR MACHEN DIREKT mit dem zweiten Satz weiter«, sagt Magnus und hebt die Hände.

Diesmal setzen wir präzise ein, und er nickt zufrieden. Unsere Stimmen schmiegen sich ins Kirchenschiff, steigen zum Gewölbe auf. Ein voller, wunderschöner Klang breitet sich in der Kirche aus. Ich könnte platzen vor Glück, mit den anderen zu singen, die Töne zusammen wachsen zu lassen. Wir können diesen Raum füllen. Wenn wir wollen, hebt das Dach ab. Wir beflügeln uns gegenseitig, wir fliegen.

Magnus gibt das Zeichen zum Decrescendo, dann schaut er zu Else. Sie holt Luft und setzt mit einem hellen Ton ein, einem perfekten Ton, klar und rein und eigentlich unmöglich zu treffen. Ihre Stimme schwebt über unserem tieferen Summen. Sie beendet das Stück allein. Das letzte Wort, der letzte Ton steht im Raum, bis Magnus abwinkt. Es wird still, ganz und gar still.

»Ah, wunderbar!«, ruft Magnus enthusiastisch. Er wirft seine langen grauen Haare in einer fließenden Bewegung nach hinten, von der ich inzwischen weiß, dass er sie immer macht, wenn er richtig zufrieden ist.

Der Chor entspannt sich, wir atmen tief ein, lächeln einander zu. Das war wirklich nicht schlecht!

»Ihr seid mir vielleicht eine Truppe! Ich meine, ist euch das eigentlich klar? Ein beträchtliches Niveau dafür, dass ihr neu an der Schule seid. Das könnt ihr ruhig wissen. Das

Konzert wird erstklassig. Für heute sind wir fertig. Gut gemacht!«

Alle sammeln ihre Noten ein und schieben sie in ihre Ordner. Ich bin wie unter Strom oder als ob eine Flamme in mir lodert. Ich will mehr. Mehr Gesang, mehr Musik, mehr Klang, mehr Text, mehr von diesen tollen Leuten aus meiner neuen Klasse.

Wir sind eine kleine Truppe, nur fünfzehn Schülerinnen und Schüler. Nach zwei Tagen waren wir stärker zusammengeschweißt als meine alte Klasse in Elvedal nach zehn gemeinsamen Jahren.

Jetzt ist die erste Woche um, und tief im Innern weiß ich bereits, dass es genau richtig war hierherzukommen. Vielleicht gibt es andere, die talentierter, die musikalischer sind als ich. Aber ich habe die Worte. Die Worte zur Musik. Mir sind immer schon Worte in den Sinn gekommen, wenn ich Musik gemacht habe. Ich kann Texte dazu schaffen. Und das ist es, was ich will. Songs schreiben. So Musik machen. Nicht unbedingt auf der Bühne, das brauche ich nicht, ich muss nicht ganz vorn am Bühnenrand stehen, das dürfen gern andere übernehmen. Ich will hinten stehen. Und hinter etwas Gutem.

»DAS WAR VOLL SCHÖN!«, sage ich, als Else zu mir rüberkommt.

Ihre Wangen sind rot, und die Augen funkeln. Ich weiß, wie toll sie es findet, solo zu singen.

»Du glaubst gar nicht, wie ich mich aufs Konzert freue! Obwohl es natürlich Wahnsinn ist, dass wir so bald schon auf die Bühne sollen, wo wir doch gerade erst angekommen sind«, füge ich hinzu.

»Ist doch super, dass sie uns das zutrauen. Außerdem ist noch massig Zeit bis Oktober.«

Ich grinse. Else und ich hatten immer schon einen grundverschiedenen Zeitbegriff.

»Willst du gleich zurück nach Hause?«, frage ich und lasse meine Stimme bewusst wenig begeistert klingen, denn es gäbe ja noch was Besseres.

»Die Sonne scheint doch, oder?«

»Warum beantwortest du eine Frage mit einer Frage?«

»Wolltest du denn eine Antwort?«

Wir feixen und treten Schulter an Schulter auf die Kirchentreppe. Einige andere aus der Klasse stehen dort schon in kleinen Grüppchen herum.

»Kommt ihr mit ins *Eika*?«, wollen Karianne und Tahera wissen. Die Antwort ist so selbstverständlich, dass wir sie gar nicht aussprechen müssen.

Das *Eika* hat eine große Sonnenterrasse. Alles ist voller

Studierender von der Uni, die dort abhängen. Ich sehe auf den ersten Blick, dass auch ein paar Zwölftklässler da sind. Und ich entdeckte Adil, lange bevor er mich sieht. Er ist mit einem Kumpel da. Adil schaut intensiv, ich frage mich, worüber sie sprechen. Er sieht so unglaublich klug aus. Und so gut. Scheiße. Ist. Er. Hot. Es nervt mich, dass ich ihn so sehr mag. Obwohl ich ihn gar nicht kenne. Okay, ich habe schon mit ihm gesprochen, wegen Else. Aber immer nur kurz. Dabei ist er stets so interessiert, fragt mich Sachen, spricht genauso viel mit mir wie mit Else. Seine Stimme kitzelt mich immer im Nacken.

Aber. Irgendwas ist oder war zwischen ihm und Gunn aus seiner Klasse. Keine Ahnung, ob sie zusammen sind, auf jeden Fall ist da was. Und da kommt sie auch schon, setzt sich mit ihrer Cola dicht neben Adil. Greift mit beiden Händen unter ihre langen Haare, lässt sie über den Stuhlrücken fallen, sie wallen darüber und glänzen in der Sonne.

Mein Magen zieht sich zusammen. Wie aus Wut.

Else hält direkt auf Adil zu, schließlich sind sie alte Freunde. Sie unterbricht sein Gespräch. Böse funkelt Gunn sie an, doch Adil lächelt nur.

»Du, Adil, ich soll dich von Georg grüßen!«

»Ah, hast du mit ihm gesprochen?«

Else grinst verschmitzt und nickt. »Klar, ich musste ihm doch erzählen, dass ich dich getroffen hab. Und dass ich deshalb an ihn denken musste. Du weißt schon, in Erinnerungen schwelgen, der Sandstrand, das Meer, der knallblaue Himmel und love, love, love!«

»Ich schätze, er hat sich gefreut, von dir zu hören?«

»Hat er.«

Else hat Georg nie ganz vergessen. Adil wiederzutreffen, war vermutlich ein guter Vorwand, um sich bei ihm zu melden.

»Wollt ihr euch zu uns setzen?«, fragt Adil und schaut mich direkt an.

»Gern«, bringe ich hervor, »also, wenn Platz für uns ist.«

»Klar, wir rücken einfach zusammen.«

Ich gerate ins Schwitzen. Am liebsten würde ich mich woanders hinsetzen. Dann könnte ich mich entspannen und einfach chillen. Stattdessen muss ich mich zusammenreißen und von meiner besten Seite zeigen. Nicht, dass es wirklich wichtig wäre, aber *mir* ist es wichtig. Wenn ich mit Adil zusammen bin, will ich cool sein. Er sitzt mir gegenüber. Ich stelle mich Gunn vor, sage meinen Namen. Sie hat den schlaffsten Händedruck der Welt, guckt mich kaum an und wirkt völlig desinteressiert.

Dafür ist sie sehr interessiert an Adil. Sie schmiegt sich an ihn, als müsste sie ihr Terrain verteidigen. Als wollte sie deutlich machen, dass er ihr gehört. Ist das so?

Adil scheint sich nicht groß darum zu scheren. Er schaut mich aus seinen dunkelbraunen Augen an und fragt: »Und, wie gefällt dir die Schule, Mia?«

Beim Klang meines Namens zucke ich zusammen. Weil er ihn sich gemerkt hat. Er hat ihn sich gemerkt, weil er einfach jemand ist, der sich Namen merkt, Leute merkt. Und trotzdem.

»Fantastisch«, sage ich ein wenig zu laut, aber es stimmt. »Musik machen ist genau, was ich will.«

Gunn kichert spöttisch und murmelt irgendwas.

Doch Adil nickt mir nachdenklich zu. »Da sind wir schon zwei.«

Seine Worte schießen mir direkt ins Herz. Ich weiß selbst nicht, warum mir seine Antwort so wichtig ist. Dass er uns beide in einem Satz nennt, dass wir uns einig, uns ähnlich sind. Dass da etwas ist, das auf uns beide zutrifft. Als würde er einen Arm um mich legen und mich an sich ziehen.

»DIE PASSAGE AM ENDE ist verdammt hoch«, beschwere ich mich nach der letzten Stunde bei Else, »vielleicht gehör ich doch nicht in den ersten Sopran.«

Else bleibt stehen und fasst mich an den Schultern. »Hä? Beim Üben klang das total klar. Lass mal hören!«

Ich blicke mich um. Wir befinden uns mitten auf Brattebergs Hauptstraße, ich habe nicht vor, hier zu singen. Ich schlucke, mein Hals brennt, nachdem ich in den letzten Stunden alles aus meiner Stimme herausgeholt habe. Typisch Else, dass alles sofort passieren muss, dass sie nicht warten kann.

»Jetzt? Wir üben heute Abend doch eh mit den anderen, dann kannst du es hören«, sage ich gereizt.

»Ist ja gut. Wird bestimmt eh super. Verdammt, wie ich den Musikzweig liebe!«

Else wuschelt mir durchs Haar und strahlt mich an. »So ein Wahnsinn, wir sind dabei, Mia! Bei den coolen Leuten. Was für eine mega Klasse! Ich mein, Elvedal war ja auch ganz nett, aber das hier: Scheiße. Wie. Gut.«

Ich grinse. Und bin ganz ihrer Meinung. Bratteberg ist was Besonderes. Ich dachte, ich würde die alte Schule vermissen. Die anderen aus der Klasse. Dabei habe ich ewig nicht mehr an sie gedacht.

»Hast du mitgekriegt, dass bald ein Open Mic im *Eika* stattfindet?«

»Ja, hat Adil mir erzählt.« Ein leichtes Flattern in der Brust, als ich seinen Namen ausspreche.

»Jepp. Klar macht er mit. Sie haben ja diese Jazzband, wie cool ist das denn? Das ist ja das Krasse am Musikzweig, man trifft lauter Leute mit derselben Leidenschaft und demselben Musikgeschmack, lernt sich kennen, und swoosh, schon hat man die perfekte Band!«

Else sprudelt über vor Ideen. Was sie alles machen will und welcher Stil am besten zu ihrer Stimme passt.

»Wetten, dich holt im Nullkommanichts jemand in seine Band? Du bist schließlich die geborene Frontfrau«, sage ich und grinse.

Sie wirft den Kopf in den Nacken und lacht fröhlich. »I wish!«

In meiner Tasche vibriert es, ich ziehe das Handy raus und sehe, dass Are eine Nachricht geschickt hat.

Wir haben heute früher Schluss, was hältst du davon, wenn ich nach Bratteberg komme?

Mein Magen zieht sich kurz zusammen.

»Are«, sage ich. Ein kleiner Seufzer entfährt mir.

»Was ist?« Else mustert mich prüfend. »Was will er?«

»Zu Besuch kommen. Heute. Er hat früher Schluss.«

»Cool! ... Oder?«

Ich antworte nicht. Auch Are antworte ich nicht, stattdessen schiebe ich das Handy wieder in die Hosentasche. Wir sind gleich in der Wohnung, dann schreibe ich ihm, die paar Minuten kann er ja wohl warten.

»Was ist denn?«, hakt Else nach. »Willst du nicht, dass er kommt?«

»Doch, schon. Aber ... Wir wollten proben.«

»Das können wir doch hinterher immer noch.«

Ich nicke nur. Schweige.

»Warum bist du so sauer?«, bohrt Else nach.

»Ich bin gar nicht sauer!«

»Gut drauf bist du jedenfalls nicht. Was ist los?«

Ich antworte nicht. Weil ich keine Antwort weiß.

Als ich gerade den Schlüssel ins Schloss geschoben habe, ruft er an. Ich starre auf mein Handy, der Name auf dem Display ist so vertraut. Genau, warum freue ich mich nicht? Wo ist die kleine Seifenblase aus Glück, die noch vor wenigen Wochen durch meinen Bauch schwebte? Ich gehe ran.

»Hi!« Ich brülle die Begrüßung beinahe ins Telefon.

»Alter ... Hallo! Hast du meine Nachricht gesehen?«

»Nein?«, lüge ich.

»Okay. Ich hab überlegt, dass ich mal nach Bratteberg kommen könnte. Heute. Na ja, eigentlich jetzt sofort.« Seine Stimme klingt fröhlich, voller Vorfreude.

Etwas in mir wird eng. Es tut weh, als ich weiterlüge.

»Ah, verdammt. Ausgerechnet heute Abend proben wir fürs Kirchenkonzert!«

Ich höre die Enttäuschung in seiner Stimme.

»Ooooh. Ein heiliger Auftrag.«

»Sozusagen. Aber die Kirche ist ein fantastischer Konzertsaal. Das wird super. Du musst unbedingt kommen!«

»Klar, mach ich. Ähm ... Also, eigentlich bin ich schon auf der Fähre.«

»Auf der Fähre?«, sage ich überrascht.

Mein Puls steigt. Ich ärgere mich über mich selbst, dass ich Ares Nachricht nicht gleich beantwortet habe, und über ihn, dass er nicht abwarten konnte, bis er von mir hört. Dass er nicht gewartet hat, ob es okay ist, wenn er kommt. Ob ich Zeit für ihn habe.

»Tja. Aber weißt du, was, vergiss es, ich mach einfach was anderes«, sagt er knapp. Zu knapp und zu unbekümmert. Es ist nicht schwer, rauszuhören, dass er verletzt ist.

»Nein! Wenn du schon fast da bist, komm ruhig rum. Wir proben erst später.«

»Immer busy, die Frau. Tja, ich wollte dich bloß sehen. Und Else. Ohne dich ist es unglaublich langweilig. Ohne euch. Das kannst du dir gar nicht vorstellen.«

Ich höre sein Grinsen, aber auch etwas Schweres dahinter. Langeweile. Stillstand. Plötzlich tut er mir leid. Doch, ich kann mir vorstellen, wie es sein muss. Warum ist er nur in Elvedal geblieben? Was hat er sich dabei gedacht? Das ist doch der schiere Wahnsinn! Ohne die anderen würde *ich* dort jedenfalls nicht lang überleben.

»Dann bis gleich, Else und ich sind gerade von der Schule gekommen. Findest du unsere Wohnung?«

»Das schaff ich schon. Ich bin in etwa ... zehn Minuten da.«

Ich lege auf. Fast im selben Moment sind die Kopfschmerzen da. In meinem Zimmer lasse ich den Rucksack neben den Schreibtisch fallen. Gehe weiter ins Bad, betrachte mich im Spiegel. Freust du dich nicht? Mein Spiegelbild schweigt.

DRAUßEN VOR DER WOHNUNG verstummt das Tuckern eines Rollers. Ares Schritte im Kies, dann klopft er. Ich lasse Else öffnen, sie ist doch immer so begeistert.

»Da bist du ja! Mia! Are ist schon da!«

Ich erhebe mich vom Sessel, mein Körper kommt mir tonnenschwer vor, als ich in den Flur trete. Dann sehe ich Are, und irgendwo in mir wird es ein bisschen warm. Ich freue mich über die Wärme. Sie erinnert mich an unsere Sommerwochen. Daran, wie schön sie waren. Irgendwie ist es, als hätte Bratteberg all das überschrieben.

Are schaut mir entgegen, abwartend, unsicher. »Hier wohnt ihr also, ihr zwei. Coole Bude!«

»Willkommen in unseren bescheidenen vier Wänden.« Ich lächle ihn an und umarme ihn kurz.

Sein Hals ist schwitzig, klebt an meiner Stirn. Ich wische sie ruhig mit dem Handrücken ab. Das macht etwas mit mir. Mir wird weich und komisch.

Are zieht sich die Stiefel aus, er steht dort im Flur und schaut sich um wie ein Fremder. Und er ist ja auch fremd hier. Aber *wir* sind einander nicht fremd. Oder? Etwas ist neu. Anders. Wir gehen in mein Zimmer, Else sprintet los, um eine Flasche Limonade und Gläser zu holen.

»Hier lebst du also.«

»Wie ist die Lage zu Hause? Hast du inzwischen den Dreh an der Drehbank raus?«, frage ich scherzhaft.

»Äh, das ist das geringste Problem.«

In dem winzigen Zimmer klingt seine Stimme kraftlos und wie eingeschlossen.

»Gibt's ein anderes?«

»Nein, es ist nur ... Na ja ... Die Schule ist irgendwie ... Und dann ist da ... Ach, ist auch egal.«

»Liegt es an der Schule, dass du nicht mehr in ganzen Sätzen sprechen kannst?«

»Ja, es ... Kann gut sein, dass ...« Jetzt unterbricht er sich absichtlich.

Wir lachen. Es tut gut, zusammen zu lachen, Are zum Grinsen zu bringen. Aber es ist nicht zu übersehen, dass ihn etwas bedrückt. Hat es was mit mir zu tun? Oder damit, dass er in Elvedal geblieben ist? Mit der neuen Schule?

Natürlich mache ich mir Sorgen um ihn, während ein dunklerer Teil von mir null Empathie verspürt. Das hätte er sich vorher denken können. Wir haben es ihm tausend Mal gesagt, jeder von uns. Dass er mitkommen soll. Dass er sich hier oder da bewerben soll, er, mit seiner Million Talente, er kann doch alles Mögliche. Warum ist er in Elvedal geblieben und pendelt zu dieser todlangweiligen Schule in Ljødal? In mir wächst Wut, es ärgert mich, dass er jetzt hier sitzt und sich beklagt.

Else kommt rein. »Voll schön, dass du vorbeigekommen bist, Are! Haben wir es nicht gemütlich?«

Are schaut sich extragründlich um. Sein Blick bleibt an dem Festivalplakat aus dem Sommer hängen. Er selbst hat es vorsichtig von einem Bushaltestellenhäuschen abgeknibbelt und mir geschenkt. Der treue, treue Are. Er ist immer schon der treue, treue Are gewesen. Jetzt frage ich mich, ob er nicht eigentlich auch ein bisschen treudoof ist. Jemand, der nicht weiß, was für ihn selbst am besten ist.

Wir setzen uns auf die Sessel, nehmen uns von der Limo. Else erzählt vom Musikzweig, von den Leuten aus unserer Klasse, und dann auch von Adil und Georg. Natürlich kennt Are die Geschichte, das ist nicht zu vermeiden, wenn man mit Else befreundet ist, trotzdem steigt mir die Hitze in die Wangen. Es fühlt sich irgendwie falsch an, vor Are über Adil zu reden. Der Schweiß kitzelt auf meinem Rücken. Es ist warm und schwül und einfach nur seltsam, ich bekomme kaum Luft. Ich bin in meinem eigenen Zimmer gefangen. Bin gezwungen, hier zu sitzen und zuzuhören. Bin gezwungen, dicht neben Are zu sitzen, während Else von Adil erzählt.

»Echt cool, hört sich mega an«, sagt Are und meint es wirklich so.

»Das Kirchenkonzert ist schon in zwei Wochen! Du musst unbedingt kommen«, sagt Else eifrig.

Are nickt. »Klar. Vielleicht kann ich ja auch nachher mit zur Probe in die Kirche kommen, meint ihr, das geht?«

Ein eisiger Stich fährt mir in die Brust. Ich schaue zu Boden. Hoffe, dass Else mitbekommen hat, was ich vorhin am Telefon gesagt habe. Oder eher, was ich nicht gesagt habe.

»Hä? Heute proben wir nicht in der Kirche.«

Ich spüre, dass Are mir einen schnellen Blick zuwirft, tue so, als wäre ich sehr intensiv mit meinem Handy beschäftigt.

»Nicht? Hast du das nicht vorhin gesagt, Mia?«

Ich schaue auf, versuche, Überraschung in mein Gesicht zu legen. »In der Kirche? Nein, heute proben wir hier.«

»Aha. Okay.«

»Du kannst gern zuhören!«, sagt Else, die Publikum liebt.

Innerlich fluche ich. Ich will kein Publikum. Nicht mal Are. Am allerwenigsten Are. Das ist irgendwie komisch. Zu viel Nähe, obwohl er eigentlich gar nicht dazu gehört.

Else zieht ihn mit sich in ihr Zimmer und fängt sofort zu spielen an.

»Komm schon, Mia!«, ruft sie. Aber ich will nicht.

Ich brauche eine kleine Verschnaufpause, das ist doch verdammt noch mal nicht zu viel verlangt?

Else singt. Rein und klar.

»Wahnsinn, wie gut du singen kannst«, sagt Are, als sie fertig ist. Seine Stimme klingt ganz warm.

Etwas passiert in mir. Ich will, dass er das zu mir sagt.

Ich will, dass er findet, ich singe gut, aber ich will ihm nichts vorsingen.

Ich will, dass er mich mag, aber ich will nichts dafür tun.

Ich will, dass er in mich verliebt ist, aber ich will nicht, dass er in mich verliebt ist.

ICH ZIEHE DIE TÜR HINTER ARE ZU und spüre ein Brennen im Innern. Eine Schürfwunde, die nicht heilt, weil das schlechte Gewissen an ihr kratzt und knibbelt. Mit einem tiefen Seufzer drehe ich mich um. Und mache einen erschrockenen Satz fast bis an die Decke, weil Else plötzlich da steht, die Arme vor dem Körper verschränkt, die Augenbrauen hochgezogen.

»Boah, was machst du da?«, rufe ich.

»Ich beobachte dich.«

»Hä?«

»Ich will rausfinden, ob du noch du selbst bist.«

Ich schaue sie irritiert an und merke, wie blitzartig Ärger in mir aufsteigt.

»Was soll das heißen?«

»Komm mal runter, ich fand dich bei Ares Besuch gerade einfach total komisch.«

»Ach so? War Are nicht vielleicht auch ein bisschen komisch? Oder du? Du bist auch komisch.«

»Hey, verdreh mir nicht die Worte im Mund.«

»Okay, pass auf, das muss ich mir nicht anhören«, schnauze ich sie an und versuche, in mein Zimmer zu marschieren. Das Brennen wird stärker, denn Else hat recht. Sie hat die Bitch in mir erkannt. Die, von der ich nicht einmal selbst wusste.

»Ich meine nur, vielleicht ist es besser, du sagst Are, was du fühlst?«

»Und was ist das?«, frage ich.

»Woher soll ich das wissen?«

»Tja, dummerweise weiß ich es aber auch nicht. Kapierst du?«

Ich stampfe an Else vorbei und werfe die Tür hinter mir ins Schloss. Wie ein wütendes Kleinkind.

Vom Zimmer aus höre ich Ares Roller starten, er bleibt noch ewig stehen, als der Motor schon läuft. Was macht er da? Will er nicht losfahren? Endlich gibt er Gas, ganz ruhig und gleichmäßig. Der Kies knirscht unter den Reifen, als der Roller die Einfahrt verlässt. Dann verschwindet das Motorengeräusch langsam und mit ihm Are.

SOBALD ICH NACH HAUSE KOMME, stürzt sich Balder auf mich. Sein Schwanz dreht sich wie ein Propeller, er winselt und windet sich vor lauter Glück. Ich werfe meine Tasche in die Ecke und wälze mich mit ihm auf dem Boden.

»Was für eine Wiedersehensfreude! Man könnte meinen, du wärst monatelang weg gewesen!«, sagt Mama mit müder Stimme.

Und so fühlt es sich tatsächlich an. Bratteberg hat eine eigene Zeitrechnung, es ist so viel passiert. Alles ist in eine kleine Tasche aus Zeit gestopft, so voll, dass sie beinahe platzt. Ich kann kaum glauben, dass ich nur eine Woche weg war.

»Wir haben dich auch vermisst«, sagt Mama. »Was hältst du von Papas Hirschgulasch und Netflix heute Abend?«

»Klingt perfekt«, sage ich.

Balder und ich haben uns beruhigt. Wir liegen nebeneinander auf dem Boden, und während ich ihm den Bauch kraule, starre ich an die Holzdecke. Finde die guten alten Astlöcher, die an Tiere und Figuren erinnern. Kleine Gestalten, die über die Decke laufen. So lange ich zurückdenken kann, habe ich schon so dagelegen und immer noch neue aufgespürt. Vielleicht habe ich jetzt alle gefunden.

Mein Handy pingt leise. Es ist Are.

Bist du zu Hause? Ich bin bei Jens, komm rüber!

Ja, bin ich. Später vielleicht, jetzt muss ich erst mal mit Balder kuscheln ♡

Der hat's gut.

Ich lächele leicht. Wenn Are flirtet, ist das kleine warme Gefühl wieder da. Ich habe immer noch ein schlechtes Gewissen, dass ich bei seinem Besuch so zickig war. Jetzt, wo ich zu Hause bin, fühlt es sich anders an. Irgendwie mehr wie früher. Als wäre ich vor einer Woche durch ein Portal in einem Computerspiel gefallen und in einer Welt namens Bratteberg gelandet. Nun habe ich das Spiel beendet und bin zurück in der wirklichen Welt. Dem wirklichen Leben.

Machen wir morgen was zusammen?

Ich hab einen Plan.
Er hat was mit einem Rechen zu tun.

WTF?!?

ARE STELLT DEN MOTOR AB. Augenblicklich wird es finster, aber die Augen stellen sich schnell darauf ein. Auf diese zaghafte Dunkelheit im Übergang vom spätesten Spätsommer zum frühsten Frühherbst. Haben wir nicht gerade noch am Strand gesessen und gechillt, sind wir nicht gerade erst fertig geworden mit der Zehnten?

Es fühlt sich unglaublich weit weg an.

Der Geruch des Meeres dringt in mich, und ich nehme ihn auf. Zu Hause riecht es ganz anders als in Bratteberg. Und das, obwohl beide Orte direkt am Fjord sind. Aber Bratteberg liegt an einem schmalen Fjord-Arm, der sich durch die Landschaft windet, dort riecht es irgendwie eingeschlossen. Hier in Elvedal sind wir näher am Meer. Der Horizont liegt offen vor uns, und die Luft ist viel frischer. Ich atme hier anders.

Wir nehmen die Helme ab, und plötzlich höre ich die Wellen weit draußen an die Felsen schlagen.

Wir schalten die Stirnlampen ein. Are steht direkt vor mir. Das Licht fällt schräg auf sein Gesicht und malt wunderliche Schatten hinein. Er wirkt wahnsinnig dünn. Die Linien sind tief und dunkel.

»Verdammt, leuchte mir doch nicht in die Augen, Mia! Du musst den Winkel anders einstellen.«

»Sorry.«

Wir gehen runter zum Bootsschuppen. Are zieht das Vorhängeschloss ab und geht rein.

Es riecht nach Teer und ein bisschen nach Tabak. Ich muss an meinen Opa denken, der Duft erinnert mich an ihn. Langsam lasse ich das Licht der Stirnlampe an den Wänden entlanggleiten, von dicken Balken hängen große Netze. Auf dem Boden orangefarbene Bojen und verknotete Taue. Als das Licht plötzlich auf das Skelett des Seeteufels fällt, fahre ich zusammen.

»Scheiße, hier liegt der rum?«

Dann entdecke ich eine ganze Sammlung weißer Skelette. Die Schädel unzähliger Fische.

»Du sammelst die?«

Are leuchtet in dieselbe Ecke. Er nickt.

»Das wusste ich ja gar nicht. Obwohl ... Ich hab dir mit dem Seeteufel geholfen, aber ...«

»Mach ich schon, seit ich klein war. Die Gräten auseinanderzusortieren und dann wieder zusammenzusetzen, hat mir schon immer Spaß gemacht. Während Papa Netze sortiert und Taue gesäubert hat, saß ich da und hab Fische zusammengepuzzelt.«

Ich werfe Are einen Blick zu. Ich glaube ihn zu kennen. Schon ewig. Aber auf einmal bin ich mir nicht mehr sicher. Wenn er mich anguckt, erstarre ich wie ein Krebs auf einem Felsen, bin mir nicht sicher, ob ich fliehen soll oder nicht.

Are sucht einen Rechen und eine Wanne heraus. Dann nimmt er zwei Rettungswesten von einem Nagel und reicht mir eine davon.

»Es wäre zu dumm, wenn wir ausgerechnet dabei ertrinken.« Er feixt und zieht die Augenbrauen hoch. Dann schaut er kurz weg, raus in die Dunkelheit.

In der feuchtkalten Nacht sind die Felsen nass und rutschig. Vorsichtig suchen wir uns unseren Weg. Langsam. Trotzdem rutsche ich auf ein paar angeschwemmten Algen aus und stoße mir das Schienbein an einem spitzen Stein. Der Schmerz zieht tief ins Bein.

»So ein Mist, aua! Wohin schleifst du mich eigentlich mit?«

Sofort ist Are neben mir. »Alles okay?«

Er nimmt meine Hand und zieht mich hoch, einen Moment lang stehen wir in der Dunkelheit dicht voreinander. Wie in dem verfallenen Haus. Es dauert nur eine Sekunde, aber ich spüre seine Sehnsucht, so wie damals. Seine Wärme. Ich ziehe mich nur einen Millimeter zurück, und der Bann ist gebrochen.

Wir gehen weiter, stiller als zuvor. Haben wir das, was im Sommer zwischen uns war, verloren? Traurigkeit steigt in mir auf. Als wäre etwas unwiederbringlich vorbei.

Dann öffnet sich vor uns eine weite Fläche aus flachen Felsen, die zum Meer hin leicht abfallen.

»Hier ist es!«

Are setzt die Wanne ab und greift den Stiel des Rechens, seine Bewegungen sind schnell und zielgerichtet.

Er bewegt den Kopf nach rechts und links. Der Lichtstrahl streicht am Übergang zwischen Meer und Steinen entlang.

»Da! Da sitzt einer, siehst du?«

Ich folge dem Licht, das auf etwas Rotbraunem zum Halten gekommen ist.

»Yes, ein Riesenvieh!«

»Hol du ihn.«

Ich schiebe mich näher ran, hebe den Rechen und ziehe den Krebs vorsichtig zu uns. Er greift nach den Zinken und klammert sich daran fest. Are jubelt und leuchtet ihn an.

»Krass, ist der riesig!«, sage ich.

Wir starren auf das Tier.

»Da hätten wir also ein kleines Krebschen«, sagt Are und verstellt die Stimme, sodass er klingt wie ein alter Seebär.

Ich kichere. »Krebschen? Ernsthaft?«

»Lach nicht. Bitte lach nicht über mein Krebschen.« Are setzt das traurigste Gesicht der Welt auf.

Das bringt mich nur noch mehr zum Lachen, und nun schafft auch er es nicht mehr, an sich zu halten. Unser Lachen schallt übers Meer. Schließlich muss Are den Krebs mit Gewalt vom Rechen lösen. Er legt ihn in die Wanne. Das Tier versucht, im Seitwärtsgang zu fliehen, rutscht aber auf dem glatten Untergrund immer wieder ab. Es sieht zugleich lustig und traurig aus. Unser Lachen verklingt.

»Hast du schon mal drüber nachgedacht, dass es eine Krankheit gibt, die genauso heißt?«, fragt Are leise.

Ich schüttele den Kopf. »Nein. Verrückt.«

Are sieht unwirklich aus in dem starken Licht der Stirnlampen, das ihn scharf von der Dunkelheit abgrenzt. Wie ein Wesen aus einer anderen Welt.

Worte fallen wie Haare im Licht

ICH SCHREIBE ES EINFACH HIN. Nun steht der Satz mitten in meinen Norwegischheft, in dem ich eigentlich über die Kurzgeschichte von Hemingway schreiben wollte: *Hügel wie weiße Elefanten.* Darin geht es um ein Paar, das an einem spanischen Bahnhof auf seinen Zug wartet, während zwischen ihnen jede Menge Unausgesprochenes steht. Die Luft zwischen ihnen vibriert förmlich.

Ich habe den Text schon dreimal gelesen und mir wirklich Mühe gegeben, irgendetwas Sinnvolles in mein Heft zu kritzeln, aber ich muss die ganze Zeit an Are denken. An all die Dinge, die zwischen uns ungesagt geblieben sind. Warum ist es so schwer, miteinander zu sprechen? Er hat mir gesagt, dass er in mich verliebt ist. Und ich habe nie richtig darauf reagiert. Habe nicht Ja und nicht Nein gesagt. Obwohl er eine Antwort verdient und mir eine Million Möglichkeiten gegeben hat, die Sache anzusprechen, haben wir nie wieder darüber geredet.

Ich lege das Heft beiseite und schlage stattdessen mein Notizbuch auf. Es ist blau mit einem goldenen Rahmen, Else hat es mir letztes Jahr zum Geburtstag geschenkt. Sie hätte nichts Besseres aussuchen können. Ich liebe Notizbücher, liebe es, einzelne Sätze hineinzuschreiben oder kleine Texte. Manche von ihnen erinnern an Songs, manche reimen sich sogar. Das Gefühl, die passenden Worte zu finden, einen Satz, der ein bisschen mehr strahlt als andere, ist fantastisch. Ich will schreiben. Gedichte, Musik. Ich will die Worte finden, sie weitergeben. Sie müssen nicht aus meinem Mund kommen, das Singen kann gern jemand anders übernehmen. Aber sie sollen durch meine Hände fließen. Durch den Bleistift. Die Tasten. Warum ist es leichter, zu schreiben, als zu sprechen? Zumindest, wenn es wirklich etwas bedeutet. Wenn es wirklich wichtig ist.

Worte fallen wie Haare im Licht
Dünne Fäden aus Gold
Wie Wärme, die die Kälte bricht

Ich versuche, etwas zu finden, das sich auf Gold reimt. Das ist nicht gerade viel und es ist nicht leicht, daraus einen passenden Satz zu formen. Mir gefällt der Vers trotzdem. Das ist das Gute an Songtexten. Sie werden gesungen. Und ein Lied kann aus fünfzehn Wörtern bestehen oder aus hundert.

Worte fallen wie Steine
und Steine werden zu Sand
auf dem Weg von dir
zu meiner offnen Hand

Ich starre auf die Zeilen. Wende sie hin und her. Dieser letzte Vers da. Könnte ich den nicht an Are schicken? Ich starre auf mein Handy. Kämpfe mit dem Drang, ihm die Zeilen zu senden. Aber wozu wäre das gut? Wie würde er sie verstehen? Ich versteh sie ja selbst kaum.

DAS PUBLIKUM STRÖMT IN DIE KIRCHE. Stimmengesumm, die Akustik macht aus dem kleinsten Knacken der Kirchenbänke ein Echo. Wir stellen uns um den Altar auf. Nervös zupfe ich an meinem Notenheft und versuche, möglichst nicht an diese eine verteufelte Passage zu denken, daran, dass meine Stimme da hochmuss. Oder lasse ich den einen, lang anhaltenden Ton einfach aus und tue nur so, als würde ich ihn singen? Ist so viel Feigheit erlaubt? Meine Achseln sind feucht und klamm. Dabei habe ich nicht mal ein Solo, nur eine einzige Stelle, an der wir zu dritt singen. Da gilt es, wenn ich da einen Fehler mache, fällt es auf. Ein falscher Ton kann den kompletten Chor durcheinanderbringen. Das darf auf keinen Fall passieren.

Magnus trägt seine langen grauen Haare offen, läuft im Mittelgang auf und ab und wirft sie zurück, dann nach rechts, nach links, streicht sie so nervös wieder glatt wie noch nie. Offenbar ist das seine Art, mit Lampenfieber umzugehen.

Else wirkt nicht das geringste bisschen nervös, trotz des großen Solos, das sie singen soll. Nicht mal, dass ihre Eltern, ihre Großeltern und die halbe Verwandtschaft gekommen sind, bringt sie aus der Fassung. Ich versuche, Mama und Papa in den Bankreihen auszumachen. Als ich sie entdecke, tut mein Herz einen Extraschlag. Sie sind schon jetzt aufmerksam, lassen den Blick durch die Kirche wandern. Von Zeit zu Zeit schauen sie zu mir. Papa lächelt mir zu, ich lächle zurück. Hebe drei Finger vom Notenheft wie zu einem geheimen Gruß. Er sieht so stolz aus. Nun stößt er Mama in die Seite und flüstert ihr etwas zu. Sie schaut ebenfalls zu mir, winkt und lächelt.

Magnus klatscht in die Hände und heißt die Gäste willkommen. Wir richten uns auf. Alle sind schwarz gekleidet, wir sind eine Einheit. Wochenlang haben wir für diesen Tag geprobt. Wir können die Stücke in- und auswendig, und doch ist es anders, nun vor Publikum zu stehen.

Genau in dem Moment, als Magnus die Hände hebt, geht die Kirchentür auf. Jemand schleicht sich leise in die letzte Reihe. Ein Krachen in mir. Es ist Are. Are, der in letzter Minute gekommen ist, um zuzuhören. Bei seinem Anblick schnürt sich mir die Kehle zu, und ich werde fast panisch, weil Magnus uns jeden Augenblick den Einsatz geben wird und ich völlig neben mir stehe. Ich schließe die Augen, atme. Dann bin ich wieder da. Da, wo ich sein soll. Im Chor. Wir singen. Präzise Töne, erst ganz leise, dann steigen sie an. Ich spüre die Energie des Publikums. Beinahe elektrisch. Sie lädt uns auf. Lässt uns fliegen.

WIR BEKOMMEN STANDING OVATIONS. Mit roten, frohen Gesichtern stehen wir vor dem Altar und schwanken, schlucken, strahlen.

Kaum ist der Applaus verstummt, stürzen unsere Eltern nach vorn. All die begeisterten, stolzen Eltern. Das tut unglaublich gut. Falls Mama und Papa anfangs nicht ganz glücklich damit waren, dass ich mich für den Musikzweig entschieden habe, sind sie spätestens jetzt überzeugt. Wir haben ihnen etwas richtig Gutes geboten, und ihre Augen leuchten, als sie mit ausgestreckten Armen auf mich zukommen. Ich lasse mich hineinfallen, und plötzlich fühlt es sich an, als hätte ich ein Ziel erreicht, das ich vorher nicht einmal hätte benennen können.

»Das war fantastisch, Mia!«

Mama wischt sich Tränen aus den Augenwinkeln, und Papa sagt nichts, weil er seiner Stimme nicht ganz traut, das weiß ich. Er kneift mich in die Wange, zwinkert mir zu und nickt.

Hinter ihnen taucht Are auf und umarmt mich.

»Wie schön, dass du extra gekommen bist!«

»Weißt du, mir war auf einmal furchtbar nach einem Kirchenkonzert, so einer bin ich halt.«

Alle lachen.

»Du hättest doch mit uns fahren können, Are«, sagt Mama.

»Nja, an so einem schönen Abend bin ich gern mit dem Roller unterwegs.«

»Das kann ich gut verstehen«, sagt Papa.

»Was meint ihr, sollen Papa und ich euch zum Essen ausführen? Wir könnten uns einen schönen Abend in Bratteberg machen!« Mama lacht, ihre Zähne wirken irgendwie weißer als sonst.

Dann verstehe ich, dass sie zu dem besonderen Anlass dunkelroten Lippenstift aufgelegt hat. Sie sieht wirklich wunderschön aus. Meine Eltern haben sich herausgeputzt. Für mich und für das Konzert. So habe ich sie noch nie gesehen. Dabei habe ich sie Hunderte Male gesehen. Aber noch nie so wie heute.

»Ein schöner Abend in Bratteberg! Was will man mehr?« Are lacht und späht unsicher zu mir rüber. »Wenn ihr nicht schon was mit der Klasse vorhabt?«

Mein Magen zieht sich zusammen. Doch, wir wollen bei *Martinas* Pizza essen, der Tisch ist schon ewig vorbestellt. Offenbar habe ich vergessen, Mama und Papa davon zu erzählen.

»Doch, Mist, wir wollen tatsächlich zusammen Pizza essen und feiern.«

Auf Ares Stirn bildet sich eine Falte, die nach dem Bruchteil einer Sekunde schon wieder verschwunden ist. Als hätte ihn jemand ganz kurz in den Arm gekniffen.

»So, so.« Er gibt sich Mühe, ganz normal zu klingen.

»Sorry«, sage ich.

»Dann holen wir es nach«, meint er. Und ist schon wieder der Alte.

»Wenn du willst, kannst du mit uns essen gehen, Are«, schlägt Mama vor, aber Are zögert.

»Ich denke, ich sollte eh zusehen, dass ich nach Hause komme, morgen ist ja Schule.«

Mama nickt. Sicher hat sie verstanden, dass es ohne mich ein bisschen komisch ist.

Papa und sie umarmen mich noch mal und gehen. Are wirkt unschlüssig, es ist nicht zu übersehen, dass er keine Lust hat, schon abzuhauen.

»Ein superschönes Konzert«, sagt er und fügt hinzu: »Es war toll, dich auf der Bühne zu sehen. Ich mein, hey, ich konnte dich anstarren, ohne dass es komisch ist.« Dabei täuscht er ein wahnsinniges Lachen an, spielt den irren Stalker.

Ich knuffe ihn in die Schulter. »Lass den Scheiß!«

»Sch! Wir sind in einer Kirche!«, sagt er streng. Wir lachen.

Else kommt auf uns zugeschwirrt und umarmt Are. »Ooooh, du bist hier? Aaaah!«

»Else, du hast wie eine verdammte Göttin gesungen«, sagt er, und Else bedankt sich mit einer tiefen, würdevollen Verbeugung.

Dann wendet sie sich mir zu: »Kommst du? Der Tisch ist für acht bestellt.«

»Komme«, sage ich, und Else wuselt weiter.

»Es war schön, dich im Publikum zu wissen«, sage ich.

»Ich komm einfach irgendwann anders noch mal vorbei. Sehen wir uns am Wochenende?«

»Klar.«

Wir umarmen uns. Er hält mich ein bisschen zu lange fest.

EIN KLOPFEN AN DER TÜR. Else steckt den Kopf rein.

»Machst du Hausaufgaben?«, fragt sie.

Sie wirkt völlig aufgedreht. Rote Wangen und funkelnde Augen. Ich lege das Gesellschaftskundebuch weg.

»Nee«, sage ich. »Was ist denn mit dir los? Du bist ja voll durch den Wind.«

Else kommt ins Zimmer und lässt sich auf einen der Sessel fallen, bevor sie losquietscht. »Georg! Er kommt her! Nach Bratteberg!« Sie greift nach einem Kissen, verbirgt das Gesicht darin. Dazu zieht sie die Beine an und strampelt wild herum.

»Wow, das nenn ich mal eine Reaktion!« Ich lache.

»Morgen schon. Du musst mitkommen.«

»Hä? Ich? Ist das nicht ein bisschen komisch ...? Jetzt sag mal, ernsthaft.«

Else springt auf und umklammert meine Hände. »Bitte, bitte. Tu's für mich, damit ich nicht vor Aufregung sterbe. Du musst auch nicht lange bleiben, nur kurz, damit es lockerer ist, ja? Adil kommt auch.«

»Oh, echt?«

»Ja, klar. Das soll schließlich so ein Nostalgie-Ding werden, kann sein, dass wir ein bisschen in Erinnerungen an Zypern schwelgen. Nicht, dass du später sagst, ich hätte dich nicht vorgewarnt!«

Sie lacht so laut, dass ich gar nicht anders kann, als einzustimmen.

»Also gut, ich komm mit. Krass. Dann werde ich also Georg kennenlernen. Ich meine, GEORG. Ich habe hohe Erwartungen, nur damit du es weißt!«

Else kichert. »Kannst du fassen, dass es schon zwei Jahre her ist? Oh, ich war sooo verliebt damals! Erinnerst du dich? Ich bin gespannt, wie es wird, ihn wiederzusehen ... JETZT. Ob ich ihn immer noch so gut finde.«

Ich ziehe die Augenbrauen hoch. »Wir werden sehen!«

Mit lautem Geheul stürzt Else aus dem Zimmer, durch den Flur und in ihr eigenes Reich. Ich höre, wie sie Musik aufdreht und aus vollem Hals mitsingt.

Georg und Adil. Und Else und ich. Ich hole tief Luft. Versuche, mich wieder auf die Hausaufgaben zu konzentrieren. Es ist ganz und gar unmöglich.

DAS *EIKA* IST BRATTEBERGS ÄLTESTE KNEIPE. Alle gehen dorthin. Die Studierenden und jede Menge Musiker genauso wie die Schülerinnen und Schüler vom Musikgymnasium. Sechs Mal im Jahr veranstalten sie ein Open Mic und eine Jam. Nächstes Mal gehe ich hin. Adil und seine Band wollen schließlich auftreten.

Auf dem Weg von unserer Wohnung zum *Eika* plappert Else wie ein Wasserfall. Sie ist nervös, weil sie Georg wiedersehen wird. Aber als wir vor dem Lokal stehen, verstummt sie. Scheint, als säße die Verliebtheit noch immer tief.

Drinnen schlägt uns Wärme und Essensgeruch entgegen. Wir schauen uns um, aber entdecken die Jungs nicht gleich. Else schiebt mich vor. Das passt gar nicht zu ihr. Dann sehe ich Adils dunkle Locken, er hat uns den Rücken zugewandt. Ihm gegenüber sitzt Georg. Blond, verstrubbelt, sommersprossig und megasüß. Ich spüre, wie Else mir von hinten in den Arm kneift. Dann schaut Georg hoch und lächelt.

»Ich sterbe«, höre ich Else flüstern, bevor sie sich an mir vorbeischiebt und sofort in Georgs Umarmung verschwindet.

Ich wechsle einen Blick mit Adil. Er rutscht zur Seite, damit ich mich neben ihn setzen kann.

»Hi, Mia, cool, dass du mitgekommen bist«, sagt er sanft.

»Hi!«

Meine Stimme klingt ziemlich dünn, aber er scheint nichts zu bemerken. Ich setze mich auf die andere Seite des Tischs, obwohl er extra Platz gemacht hat. Aber ich kann mir nicht vorstellen, so nah neben ihm zu sitzen. Schenkel an Schenkel? Plötzlich ist es mir superunangenehm, hier zu sein, denn Georg und Else machen sofort dort weiter, wo sie damals aufgehört haben. Reden in einer Tour über die besten Sommerferien ihres Lebens. Und Adil macht mit.

»Erinnerst du dich an den Barmann im *Blue Moon*? Diesen durchgeknallten Typ, der uns Margaritas verkauft hat, obwohl wir erst vierzehn waren? Ich hatte vorher überhaupt noch nie Alkohol getrunken!«

»Das haben wir gar nicht gemerkt«, grinst Georg.

»Und weißt du noch, wie du auf diesem Bananenboot gesessen hast? Ich könnte mich heute noch schlapplachen, wenn ich daran denke!«

Bla, bla, bla. So geht es ununterbrochen weiter. Die Erinnerungen fließen. Okay, Else hat mich gewarnt, aber es ist echt öde. Hat sie nicht gemeint, ich könnte nach einer Weile gehen? Ich hab eh nicht den Eindruck, dass sie mich braucht.

Ich checke mein Handy und stehe auf, doch da fragt Adil: »Gehst du schon?«

»Ich ... ich muss mal kurz wohin«, sage ich und entscheide mich in dieser Sekunde um.

»Okay! Sorry für den ganzen Urlaubskram. Ist bestimmt megalangweilig, wenn man nicht dabei war.«

»Nee, ist schon okay«, lüge ich. Plötzlich will ich unbedingt bleiben. Weil ich Zeit mit Adil verbringen will, mit ihm zusammensitzen. Wenn er mir wenigstens ab und zu einen Blick zuwirft, ertrage ich den Rest.

Er steht ebenfalls auf. »Will jemand was trinken?«

»Vier Margaritas!«, schlägt Else kichernd vor, und Georg bricht in Gelächter aus.

»Ich glaube, es werden eher vier Cola«, lenkt Adil ein.

Gemeinsam gehen wir zur Theke.

»Komm, lass uns abhauen!«, sagt Adil plötzlich.

»Was?«

»Die zwei kommen klar. Ist eh eine ziemlich peinliche Angelegenheit.«

Mir wird schwindelig. Was meint er damit, schlägt er etwa vor, dass wir beide woanders hingehen?

»Ja, also ...«

Er nickt mir zu und steuert den Ausgang an. Ich folge ihm.

»Ich denke, wir tun ihnen einen Gefallen.« Er grinst. »Sah doch vielversprechend aus, oder?«

Ich lache ihn an. Nach dem Gefühl des Eingesperrtseins, das ich drinnen hatte, ist die Herbstluft wunderbar frisch.

»Du hast ja keine Ahnung, wie viel ich mir schon über Georg anhören musste«, sage ich und atme so tief ein, als hätte ich einen Marathon hinter mir.

»Ich kann's mir vorstellen.«

Wir schlendern ziellos Richtung Kai.

»Ich denke, ich sollte nach Hause gehen. Ich muss noch für die Probe morgen üben.«

»Same«, sage ich, dabei bin ich enttäuscht, dass Adil gleich nach Hause will. Wobei es auch komisch wäre, wenn wir zu zweit weiterzögen. Irgendwo lungert schließlich auch noch ein Gespenst namens Gunn herum.

»Wo wohnst du eigentlich?«

»Oben in Røsta, wir können also noch ein Stück zusammen gehen«, sagt er und scheint sich darüber zu freuen.

Dann schaut er mich an und lächelt. Die Hitze schießt mir in die Wangen, lodert auf.

»Gern«, sage ich. Mein Herz schlägt bis zum Hals.

Entspannt spazieren wir weiter. Ich schiebe die Hände tief in die Jackentaschen und ducke mich in meinen Kragen, bis mir aufgeht, dass ich so vermutlich an eine Schildkröte erinnere. Also richte ich mich auf und räuspere mich. Er späht zu mir rüber, als erwarte er, dass ich etwas sage, doch das tue ich nicht.

»Ziemlich cool, dass die Elfer und Zwölfer dieses Jahr zusammen das Musical machen, was?«, sagt er.

Ich nicke.

»Das wird super. Ich stehe voll auf Musicals«, fährt er fort.

»Echt?«

»Jepp. Da, wo ich früher gewohnt habe, hatten wir in der Zehnten ein großes Musicalprojekt. Unsere Lehrerin hat mich so was von begeistert! Deshalb habe ich mich für den Musikzweig entschieden. Als wäre mir damals was klar geworden.«

»Das klingt toll.«

»Musik ist einfach toll. Es gibt so viele verschiedene Wege, so wahnsinnig viel, in das man abtauchen kann. Ich finde ständig was Neues, das ich ausprobieren will. Gerade mach ich ganz viel mit Jazz.«

»Cool!«

Ich ärgere mich, dass ich keine ganzen Sätze rausbekomme. Und dass ich zu blöd bin, auch mal was zu fragen. Adil gibt sich alle Mühe, sich mit mir über Musik zu unterhalten, und ich bin nichts als einsilbig. Wenn das so weitergeht, wird er mich für langweilig halten.

»Und bei dir?«

»Na ja, ich ...« Mein Hirn sucht fieberhaft nach etwas, das ich erzählen könnte. Endlich finde ich was. »Ich interessiere mich vor allem für die Vermittlung. Also, wie Musik transportiert wird, und für die Texte im Zusammenspiel mit der Musik. Für das große Ganze, wenn du so willst. Na ja, und ich schreibe auch selbst ...«

Meine Wangen brennen. Hab ich gerade wirklich gesagt, dass ich Songtexte schreibe? Versuche ich etwa, mich interessant zu machen? Die Wörter sind einfach herausgepurzelt, sind gar nicht wirklich meine - und trotzdem empfinde ich es genau so.

»Oh, wow! Ich bewundere es total, wenn jemand gute Songtexte schreiben kann. Hab ich selbst auch schon probiert. NO. FUCKING. WAY! Sagen wir mal so: Melodramatik kann ich.«

Adil schüttelt den Kopf und lacht laut über sich selbst. Ich kichere.

»Ich hab aber nicht gesagt, was ich schreibe, ist gut«, erinnere ich ihn.

»Du machst mich echt neugierig auf dich. Also, auf deine Texte.«

Wir schauen uns kurz an, ein Knistern liegt in der Luft.

»Danke«, sage ich, es rutscht mir einfach so raus. Wie peinlich! Er hat mir ja gar kein Kompliment gemacht, es war bloß eine Feststellung.

»Das Beste am Musikzweig ist, dass man so viele spannende Leute kennenlernt, die eine ganz andere Perspektive auf Musik haben. So wie du. Dass du quasi von den Texten her kommst, das ist ganz neu für mich«, sagt Adil begeistert.

»Wenn du einen Song hörst, worauf achtest du zuerst? Auf den Text oder auf die Melodie?«, frage ich.

»Gute Frage. Auf die Melodie. Ganz klar auf die Melodie.«

»Bei mir ist es der Text. Also, kommt natürlich auf die Sprache an, in der gesungen wird. Aber selbst wenn ich in einer Fremdsprache nicht alles verstehe, habe ich irgendwie oft ein Gefühl dafür, wovon das Lied handelt. Jedenfalls, wenn es gut gemacht ist.«

»Versteh ich voll. Musik funktioniert ohne Worte und ist gleichzeitig eine eigene Sprache, findest du nicht auch?«

»Ja!«

Ich nicke, spüre einen begeisterten Eifer in mir. Freude und Wärme ziehen durch meinen Körper. Am liebsten würde ich ewig mit Adil durch die Straßen laufen und über Musik reden.

Plötzlich bleibt er stehen. »Uih, beinahe wäre ich zu weit gegangen! Ich muss hier abbiegen.«

»Upps, klar!«

Wir stehen kurz da, zögernd. Waren gerade noch so vertieft.

»Es war jedenfalls voll schön, mit dir zu reden, Mia. Willst du vielleicht noch mit zu mir kommen?«

Etwas fällt zu. Dann breitet sich Angst aus. Ich stehe immer noch da, trippele auf der Stelle.

»Nein, es ... Ein anderes Mal, ja?«

»Okay. Dann danke, dass du mich ein Stück begleitet hast.«

Er dreht sich ganz zu mir, als wollte er mich umarmen.

»Klar, gern. Bis bald!«, sage ich schnell, und dann haue ich ab.

Mit hämmerndem Herzen und schnellen Sprüngen. Wie ein Hase. Wie ein winzig kleiner Angsthase.

ARE SITZT AUF SEINEM BETT und klimpert auf der Gitarre. Ich liege hinter ihm und chatte mit Else. Ich mag es total, zu Are rüberzugehen und bei ihm zu chillen, wenn ich am Wochenende zu Hause bin. Manchmal fühlt es sich an, als hätte ich zwei parallele Leben, eins in Bratteberg und eins in Elvedal. Doch parallele Linien treffen sich nie, nicht mal in der Unendlichkeit. Zwischen Are und mir ist es wieder mehr so wie früher. Wie vor dem Sommer. Vor der Verliebtheit, dem Kuss und so. Er ist stiller, zurückhaltender. Schickt nicht mehr so viele Nachrichten, deutet nicht mehr an, wie schön es wäre, wenn wir zusammen wären. Einerseits vermisse ich das. Andererseits bin ich froh, dass wir jetzt einfach wieder Freunde sind. Ich betrachte Are beim Spielen. Ab und zu summt er leise. Ich schreibe Else:

Hast du was von Georg gehört?

NEIN! HÖR MIR BLOß MIT DEM AUF! ER GHOSTET MICH.

Ernsthaft?

Sie setzt mehrmals zu einer Antwort an, aber dann schreibt sie doch nichts mehr dazu.

Bist du bei Are?

Jepp.

Kann ich rumkommen?

In mir zieht sich etwas zusammen. Eigentlich will ich gerade lieber mit Are allein sein.

Klar, aber ich will bald nach Hause.

Ah. Dann geh ich halt zu Jens.

Ich schicke ungefähr tausend Herzen und einen in die Luft gereckten Daumen.

Hör auf mit dem Quatsch.

Haha.

Are spielt einen alten Song, den Mama und Papa immer im Auto gehört haben, als ich klein war.

Automatisch denke ich an Sommerferien, an schulfreie Tage und schmelzendes Eis im warmen Auto.

I have climbed the highest mountains
I have run through the fields
Only to be with you
Only to be with you

Ich schaue zu Are rüber. Seine Stimme ist tief und voller Klang. Sie schmiegt sich in den Raum, bevor sie mir direkt in die Magengrube fährt. Sie hat immer schon diese Wirkung auf mich gehabt. In der Grundschule standen wir bei der Weihnachtsfeier zitternd auf der Bühne, aber solange Are sang, waren wir in Sicherheit. Wir ließen uns von ihm mitziehen.

Er hat uns gerettet, jedes Mal wieder.

Ein Lächeln stiehlt sich auf mein Gesicht. Wie klein wir waren. So unschuldig. Das sind wir jetzt nicht mehr.

Im Herbst hat sich etwas verändert. Die Hitze ist weg. Wenn ich Are sehe, fährt mir kein Stich mehr ins Herz. Schon lange nicht mehr.

Im Sommer waren wir ständig zusammen. Wollten ständig zusammen sein. Vielleicht wollte Are auf eine andere Art mit mir zusammen sein als ich mit ihm, aber wir taten so, als wäre nichts. Erwähnten nicht, was er in dem verfallenen Haus gesagt hatte. Auch nicht den Kuss in Jens' und Halvors Wohnung. Wie nah wir waren. Wie nah wir was waren?

Wir erwähnen es nicht, aber es ist immer noch zwischen uns, nagt an uns.

Plötzlich hört Are auf zu spielen. Er beugt sich über die Gitarre und stöhnt.

»Was ist?«

»Dieser verdammte Knubbel ... immer, wenn ich die Gitarre auf dem Schoß habe. So ein Mist aber auch!«

»Welcher Knubbel?«

»Hier«, sagt er und zeigt auf eine Stelle kurz über dem Knie.

Ich setze mich neben ihn, lege die Hand darauf.

Und zucke zusammen. Eine harte Kugel füllt meine komplette Handfläche. Schnell ziehe ich die Finger zurück.

»Are!«

Er guckt mich an, legt die Stirn in Falten.

»Chill mal, es ist nur ein Knubbel.«

Ich starre ihn an.

»Nur ein Knubbel?«

»Ja?«

»Wie lange hast du den schon?«

»Weiß nicht genau«, sagt er, völlig unbekümmert, und spielt ein paar Riffs.

»Hey, lüg mich nicht an.« Ich schaue ihm in die Augen.

»Oh Mann, mach mir doch keine Angst! Seit irgendwann im Sommer, vielleicht. So ungefähr seit dem Schulabschluss oder, na ja, kurz davor?«

»Ist er größer geworden?«

»Nja. Ein bisschen vielleicht. Ja, doch, wahrscheinlich. Aber jetzt chill, okay?«

»Nein. Also, natürlich will ich dir keine Angst machen, aber du solltest unbedingt zum Arzt gehen. Meine Tante, bei ihr ...«

»Ja, ja, ja. Ich weiß, dass sie deiner Tante eine Brust abgesäbelt haben, okay!«

Ich schnappe nach Luft. Are wird eigentlich nie wütend. Und er hat nie Angst.

Er rückt von mir ab. Ernst und Zorn schweben über ihm, rabenschwarz.

Hinter meinen Lidern brennt es. Ich schließe die Augen. Dann nehme ich Ares Hand. Sie ist klamm.

»MIA, WAS IST DENN HEUTE MIT DIR LOS? Du bist total unkonzentriert.«

Magnus hat mich in der Pause beiseitegenommen und mustert mich mit besorgtem Blick. In den ersten beiden Stunden hatten wir Chorprobe, und ich sollte mit drei Mitschülerinnen zusammen einsetzen, bin aber ständig aus dem Takt geraten und hab es einfach nicht hinbekommen. Die Gedanken fressen mich auf.

Ich habe Are am Wochenende überredet, den Knubbel seinen Eltern zu zeigen und direkt für Montag einen Arzttermin zu vereinbaren. Die Ärztin hat ihn sofort ins Krankenhaus in Åsnes überwiesen. Da ist er jetzt.

»Bin nicht ganz fit«, lüge ich. »Kopfschmerzen.«

»Du stehst ja komplett neben dir, du Arme. Vielleicht solltest du besser nach Hause gehen.«

»Ja, ich glaub auch«, sage ich und wende mich von ihm ab, bevor er noch etwas hinzufügen kann.

Aus den Augenwinkeln sehe ich Else, sie guckt zu mir rüber. Auch sie hat gemerkt, dass etwas nicht stimmt. Die ganze Woche über habe ich kein Sterbenswörtchen gesagt, obwohl sie unablässig nachgebohrt hat, was los ist, was um Himmels willen bei Are passiert ist, weil ich seitdem völlig durcheinander bin.

Sie nimmt an, dass wir uns gestritten, uns völlig überworfen haben.

Warum habe ich Else nichts erzählt? Das ist mega-irrational. Als würde es erst wahr, wenn man es ausspricht. Als würde es schlimmer, wenn ich laut sage, wovor ich mich fürchte. Idiotisch. Jedenfalls habe ich nichts gesagt. Und auch jetzt sage ich nichts. Ich gehe einfach.

WÄHREND DER UNTERRICHTSZEIT die Wohnung aufzuschließen, ist komisch. Licht fällt durchs Fenster und malt einen Streifen auf den Boden, in dem der Staub tanzt. Ich setze mich mitten hinein. Doch da verschwindet der Streifen auch schon. Also lege ich mich ins Bett. Ich habe Angst. Verkrieche mich unter meiner Decke.

Ich muss eingeschlafen sein. Die Luft im Zimmer ist stickig, und es ist dunkel, als ich vom Klingeln meines Handys wach werde.

Ares Stimme am Telefon klingt so dünn. »Hi, ich bin's.«

»Wie war's?«, flüstere ich.

»Nicht so gut«, sagt er.

Wir verstummen. Ich höre seinen Atem, er ringt um Worte.

Ich selbst schaffe es kaum weiterzuatmen, etwas Hartes füllt meine Brust. Im Kopf sticht es grau. Er nimmt mich mit in ein schwach beleuchtetes Krankenhauszimmer, wirkt erschöpft nach der Probenentnahme und den Tests.

»Haben sie was gefunden?«

»Ja.«

»Ist es ...?« Ich schaffe es nicht, das Wort auszusprechen.

»Ja«, wiederholt Are.

»Sag es nicht.«

»Krebs«, sagt Are.

Er spricht das Wort aus. Sagt es noch einmal.

ELSE UND ICH SITZEN AUF MEINEM BETT, dicht beieinander. Wir haben die Beine angezogen, umklammern sie mit den Armen.

Ich lehne den Kopf an Elses Schulter. Aus dem Lautsprecher strömt der Song aus dem Sommer. Ich schließe die Augen, verliere mich in der Erinnerung. Mein schönster Sommermoment. Ich will zurück.

Ich spüre die Hitze wieder, den Bass im ganzen Körper. Are hält mich. Er hält mich. Damit ich nicht das Gleichgewicht verliere, nicht in der Menge untergehe, zwischen Menschen, Händen, Körpern.

Nun ist es meine Aufgabe, ihn zu halten.

»Wir müssen für ihn durchhalten«, flüstere ich Else zu.

Spüre ihr leichtes Nicken. Die feuchte Stelle im Haar, von ihren Tränen. Jetzt bereue ich doch, dass ich ihr nicht früher von dem Knubbel erzählt habe. Aber was hätte das geändert? Nichts. Er wäre genauso wirklich. Er *ist* genauso wirklich.

»Wie«, sagt sie ins Nichts.

Es ist keine Frage. Es sind tausend Fragen, und es gibt keine Antwort. Vielleicht ist es schon Nacht. Vielleicht ist es noch Abend. Mag sein, dass bald der Morgen anbricht. Wir wissen es nicht.

»Kannst du heute bei mir schlafen?«, fragt Else.

»Ja.« Ich entspanne mich ein bisschen.

Es ist dunkel im Zimmer, dunkel vor dem Fenster. Der Herbst übernimmt die Landschaft.

Ich nicke ein. Höre Else schniefen und mit Jens schreiben. Von Zeit zu Zeit flüstert sie vor sich hin, flucht. Dann verschwinde ich, traumlos.

ES IST SCHÖN, in Elses Bett aufzuwachen, jemandem nah zu sein. Sie ist schon aufgestanden, aber ich spüre noch die Wärme ihres Körpers.

Zuerst weiß ich gar nichts mehr. Warum ich bei Else geschlafen habe, warum ich noch die Klamotten von gestern anhabe. Doch da ist eine Schwere in meinem Körper, etwas, an das ich mich erinnern sollte, etwas, das absolut nicht in Ordnung ist.

Dann fällt es mir ein. Und es fühlt sich an, als würde etwas in meinem Kopf reißen. Eine Kupplung oder Sicherung.

Else kommt ins Zimmer, frisch geduscht. Der süße Duft ihrer Bodylotion weht zu mir rüber.

»Ich dachte, ich lass dich schlafen. Was meinst du, willst du zur Schule?«

Die Schule. Mein Körper ist bleischwer. Ein tiefer Seufzer entfährt mir.

»Mia. Versuch dir vorzustellen, dass alles gut wird.«

Ich nicke. Es wird gut. Es muss einfach. Es gibt keinen Grund, solche Angst zu haben.

»Ich komm zum Musikunterricht in der Zweiten, ja? Geschichte in der Ersten schaffe ich nicht. Nicht heute.«

Else tritt ans Bett und streicht mir über die Haare. Sie sagt nichts.

Wir lächeln uns tapfer an, dann geht sie. Ich stehe auf. Laufe rastlos herum.

Dann hole ich
eine Tasse Tee
eine Scheibe Knäckebrot
ein weißes Blatt Papier
einen Bleistift
eine Erinnerung
ein Gedicht

ARE SCHICKT MIR EIN BILD. Drei Gesichter leuchten mir entgegen. Are, Jens und Halvor. Hinter ihnen weiße Krankenhauswände. Es tut gut, zu wissen, dass Jens und Halvor da sind. Ihn besuchen. Natürlich tun sie das. Sie wohnen ja dort, in der Stadt, in der Nähe vom Krankenhaus. Da, wo Are jetzt ist.

Auf dem Foto grinst er. Jens hat einen Arm um seinen Hals gelegt und wuschelt ihm durch die Haare, das Gesicht zu einer mörderischen Grimasse verzogen. Halvor steht hinter ihnen, macht wie üblich das Victory-Zeichen und fletscht die Zähne. Diese drei Verrückten. Ich merke, dass mir Tränen in die Augen schießen. Ihr Grinsen, dass sie Quatsch machen. Dass alle drei zusammen sind.

Später schreibe ich Are.

Wie geht's dir?

Nicht besonders. Sie haben mit der Chemo angefangen. Gleich heute. Und das ist ja echtes Gift. Aaargh, it's killing me!!

Mann, Are! So ein geschmackloser Witz!

Übrigens spendieren sie mir einen Aufenthalt in der Hauptstadt. Ich soll nach Oslo in die Krebsklinik.

Echt? Du bist doch gerade erst in Åsnes angekommen.

Ja. Sie haben Großes mit mir vor. Ich bin halt was Besonderes.

Das stimmt allerdings! ♡ Wir sehen uns vorher also nicht mehr?

Wahrscheinlich nicht. Aber ich komm ja wieder.

Na klar. Ich hätte dich bloß gern noch in den Arm genommen, dir alles Gute gewünscht und so.

Das hätte mir gefallen! Vor allem die Umarmung.

Ich zögere mit der Antwort. Weiß nicht, was ich schreiben soll. Am liebsten würde ich ihm sagen, wie gern ich ihn habe, wie unglaublich gern ich ihn habe. Aber das klingt so nach Abschied. Als würden wir uns nie mehr wiedersehen. Also schicke ich nur ein paar Herzen.

»ICH KAPIER EINFACH NICHT, dass er nicht viel früher zum Arzt gegangen ist. Er muss doch was gemerkt haben«, sagt Jens. Er wackelt auf dem Schreibtischstuhl in seinem Zimmer herum.

»Ich glaub nicht, dass er den Knubbel schon lange hatte«, sage ich leise. »Der ist wohl irgendwann im Sommer aufgetaucht, so hat er es mir jedenfalls erzählt.«

»Trotzdem. Sollte da nicht was klingeln, wenn man einen Knubbel am Bein hat, der immer größer wird? So ein verdammter Mist!« Jens' Stimme zittert. Er ist wütend. Aber vor allem traurig. Und er hat Angst. Angst, seinen besten Freund zu verlieren.

»Keine Ahnung. Keine Ahnung, was ich gemacht hätte. Vielleicht hätte ich auch gehofft, dass der Knubbel wieder weggeht oder dass er gutartig ist.«

Jens atmet tief durch.

»Gutartig?! Das Ding ist hochgradig aggressiv! Das ist so eine Scheiße! Und so was von unfair!«

Wir hören Schritte auf der Treppe. Halvor und Else tauchen auf.

Sie sind zusammen gekommen, zu Fuß durch den klaren Herbsttag. Die Wangen gerötet, die Augen glänzen.

Else geht direkt zu Jens und streicht ihm über die Haare. Er legt den Kopf in die Hände und schluchzt leise.

Halvor wirkt völlig verloren. Er steht mitten im Zimmer,

die Arme auf Hüfthöhe, die Fäuste geballt, als hielte er ein Paar viel zu kurze Skistöcke in den Händen. »Und jetzt? Was machen wir? Können wir überhaupt was tun? Ich meine, für Are?«

Niemand sagt etwas. Wir starren ins Leere, an die Wand. Ich spüre, wie Tränen aus meinen Augenwinkeln tropfen. Meine Tränenkanäle sind diese Woche jedenfalls ordentlich durchgespült worden.

Schließlich setzt sich Halvor neben mich. Else kommt ebenfalls dazu, lässt sich auf meiner anderen Seite nieder, streckt die Hand nach Jens aus. Er lässt sich neben sie ziehen. So sitzen wir da, alle vier, auf Jens' Bett. Zusammen. Wir halten einander. Es ist lange her, dass wir uns das letzte Mal so nah waren, wir vier.

Wir sollten zu fünft sein. So, wie wir immer zu fünft waren. Ares Abwesenheit ist überdeutlich. Der Grund, warum er nicht hier ist. Und der Grund, warum *wir* hier sind.

»Es wird schon gut werden«, sage ich. »Ihr dürft nicht vergessen, Krebs ist heilbar. Es gibt so viel hervorragende Forschung, und selbst wenn ausgerechnet diese Art von Knochenkrebs ziemlich ...«

»Natürlich wird es gut werden!«, fällt Jens mir ins Wort, viel zu laut. Es klingt, als würde er erst jetzt begreifen, dass es auch eine andere Möglichkeit gibt.

Else schnieft. Dann kramt sie ihr Handy raus. »Kommt, reißt euch zusammen, wir schicken ihm ein witziges Bild.«

»Witzig?« Halvor zögert. »Ist das nicht ... unpassend? Er ist krank, die Lage ist ernst und beschissen und dann ... witzig?«

»Ja, genau deshalb: witzig. Oder dumm. Wir machen ein

richtig dummes Foto. So dumm, dass es ihn zum Lachen bringt, okay?«

Wir überprüfen unsere Grimassen auf dem Handydisplay und versuchen, die Köpfe so nah wie möglich aneinanderzupressen.

Wir sehen aus wie ein total bekloppptes vierblättriges Kleeblatt aus Grimassen.

Wir wissen, dass du es schaffst! Du bist der
Beste! Aber wir sind auch nicht schlecht,
wie du siehst!

Sie haben noch was gefunden.

Was? Wer?

Die in Oslo haben noch was gefunden.
Sie haben nach dem Krebschen gesucht.
Nach dem Krebs. Und einen großen Fang
gemacht. In der Lunge.

Scheiße, Are! Kann ich dich anrufen?

Die machen hier jetzt jede Menge
Untersuchungen. Lass uns heute Abend
telefonieren, ja?

Ich ruf dich an. Ich bin für dich da …

Danke ♡

DER HERBST DONNERT VORAN. Schlägt zu, Sturm um Sturm, ein Guss nach dem anderen, die Fähre quält sich mit Schlagseite über den Fjord, und jeden verdammten Morgen klatscht mir auf dem Schulweg der Schneeregen ins Gesicht. Als wollte er noch mal klarmachen, was für ein verfluchter Scheißherbst das ist. *In your face.* Aber richtig.

Wir schreiben eine Klausur. Ich habe nicht gelernt. Oder: Ich habe gelernt, aber mein Kopf ist leer. Eine spiegelglatte Fläche, so wie die Wasserlache um meinen Rucksack herum. Meine Bücher sind kalt, wenn ich sie herausziehe. Feucht. Die Seiten wellen sich. Mein Sichtfeld wellt sich an den Rändern. Es ist unmöglich, zu lernen. Ich kapiere den Zusammenhang zwischen dem Imperialismus und den kommunistischen Strömungen im Russland des frühen 18. Jahrhunderts nicht. Kapiere nicht, was die Sanktionen gegen Deutschland in der Zwischenkriegszeit mit dem Erstarken des Nationalsozialismus vor dem Zweiten Weltkrieg zu tun haben. Das Einzige, was ich kapiere, ist der Zusammenhang zwischen Krankheit und Tod. Krankheit und Tod. Das ist ein Zusammenhang, den ich klar erkenne.

Bis zur Pause dauert es ewig. Als es endlich klingelt, habe ich keine einzige Aufgabe bearbeitet, doch auf dem Papier steht etwas. Ich habe etwas geschrieben.

Ein Gedicht.

Wenn der Wind verklingt, legt sich der Schnee
Ein Engel flüstert

Ich gebe das Blatt ab und gehe.

DIE MITTAGSPAUSENSCHLANGE in der Mensa ist jeden Tag aufs Neue unendlich lang. Greta, die für die Essensausgabe verantwortlich ist, schwitzt und schenkt aus und schmiert Brote und hetzt sich völlig ab. Ist es echt so schwer, eine Küchenhilfe einzustellen? Greta tut mir wirklich leid.

»Kommst du Donnerstag auch ins *Eika*?« Die Stimme ist gleich hinter mir.

Ich schrecke zusammen, meine Mensa-Karte trudelt wie ein Propeller davon und landet in einer staubigen Ecke. Adil macht ein paar schnelle Schritte, hebt sie auf und reicht sie mir.

»Sorry, das sollte kein Angriff aus dem Hinterhalt sein, ich hatte nicht vor, dich auszurauben.« Er lacht.

»Nein, Mann. Ja! Klar! Ins *Eika*, klar!«, stammle ich. Was an diesem Typen bringt mich eigentlich ständig so durcheinander?

»Voll schön!« Er lächelt, legt eine Hand auf meinen Rücken.

Nur für den Bruchteil einer Sekunde, aber die Berührung bleibt, sie streicht meinen Rücken entlang wie ein suchender Finger, und meine Nackenhaare stellen sich auf. Ich schlucke schwer, gebe mir alle Mühe, die Kontrolle zurückzugewinnen, cool zu bleiben.

»Du trittst auf, oder?«

»Jupp! Wir spielen ein paar Songs mit der Band.«

»Saucool! Ich freu mich schon drauf, dich ... äh, euch zu hören.«

»Hoffentlich bist du nicht enttäuscht. Nicht alle mögen experimentellen Jazz ...«

»Der ist doch saucool!«

Hab ich wirklich zweimal hintereinander »saucool« gesagt? Ich ärgere mich über mich selbst, aber lächle weiter so strahlend, wie ich kann. Adil hält meinen Blick, bis ich wegschauen muss.

»Hallo, du da! Willst du jetzt was haben oder was wird das hier? Stehst du überhaupt an?«, ruft Greta barsch. Schweißperlen stehen ihr auf der Stirn, sie stützt sich auf die Theke und lehnt sich in meine Richtung.

»Sorry!«

Ich rücke vor und werfe Adil einen entschuldigenden Blick zu.

Er hebt die Hand. »Bis Donnerstag dann!«

Ich bin völlig erschöpft und fast genauso verschwitzt wie Greta, während ich dastehe und stottere, dass ich gern ein Baguette mit Schinken und Käse hätte und einen Apfelsaft dazu.

EINE NACHRICHT VON ARE.

Sag mal, was du davon hältst.

Dann schickt er eine Audiodatei. Ich gehe in mein Zimmer, ziehe die Tür hinter mir zu und setze die Kopfhörer auf. Vereinzelte Gitarrentöne erklingen. Langsam, schleppend, die erste Strophe. Dann der Refrain. Leichter, aber voller Schmerz. Ich schließe die Augen und lausche. Die Melodie ist wunderschön. Ich sehe Are vor mir, wie er auf seinem Bett in der Krebsklinik sitzt und spielt. Ein dünnes Licht im Raum.

Seine Hände zupfen die Saiten, sanft, spielerisch. Die tiefe Falte zwischen seinen Augenbrauen, die immer auftaucht, wenn er sich konzentriert. Wenn er sich völlig in der Musik verliert.

Der letzte Ton verklingt. Ich höre den Song noch einmal. Und noch mal, bevor ich antworte.

Das ist wunderschön! Stay tuned …

Seine Antwort kommt sofort:

Das ist doch nur ein bisschen Geklimper …

Ich setze mich an meinen Schreibtisch. Verbinde mein Handy mit der Anlage und lasse den Song auf Repeat laufen, während ich schreibe. Der Text kommt ganz von allein. Es ist, als hätte Are ihn für mich in die Melodie gelegt. Er gehört ihm. Ich schreibe einen Refrain und vier Strophen.

Dann singe ich alles ein, mit Ares Melodie im Hintergrund. Schicke es ihm. Schicke es, bevor ich darüber nachdenken kann. Mein Herz will mir aus der Brust springen. Ist es überhaupt was geworden?

Are startet einen Video-Anruf. Ich erschrecke.

»Hast du dir die Haare abrasiert?«, frage ich und gebe mir Mühe, beim Anblick seines kahlen Kopfes nicht zu erschüttert zu wirken.

»Jepp. Es waren schon jetzt nur noch Strähnen. Ich hatte keine Lust, monatelang wie ein gerupftes Huhn rumzulaufen.«

»Na ja, du hast ja schon tausend Mal gesagt, dass du dir irgendwann eine Glatze rasierst.«

»Ja, jetzt hat es endlich geklappt!«, sagt er und gluckst dabei tief.

Er sitzt in gleißend hellem Krankenhauslicht. Die dunklen Fenster im Hintergrund sagen mir, dass es auch in Oslo schon dämmert. Es ist ungewohnt, Are ohne seine schwarzen Haare zu sehen. Seine sonst so kräftigen Augenbrauen sind ungleichmäßig und voller Lücken.

»Mensch, Mia! Scheiße noch mal! Hast du einfach einen Text dazu geschrieben?! Der ist verdammt ... ähm. Stark.«

Ich kann sehen, dass ihn der Text berührt. Versteht er, dass es darin um ihn geht, um uns?

»Danke. Ja. Du magst ihn?«

»Mehr als das. Wow. Songwriterspirit. Wenn du später nicht Songerwriterin wirst, fresse ich meine Gitarre mit Senf drauf. Ernsthaft: mit *Senf!*« Er grinst und drückt sein Gesicht ganz nah an die Kamera, macht Würgegeräusche. »Und du weißt, wie sehr ich Senf *HASSE!*«

Ich lache. »Du bist krank!«

»Todkrank!« Er rückt wieder von der Kamera ab, grinst.

Ich schüttle den Kopf, grinse mit ihm. Er hat wirklich einen kohlrabenschwarzen Humor, wie er da glatzköpfig in seinem Krankenhausbett sitzt, den Atem des Todes im haarlosen Nacken.

»Sollen wir den Song morgen aufnehmen? Ihn zusammen einspielen? Via Zoom oder so?«, fragt er, seine Augen strahlen vor Begeisterung.

»Gerne, klar! Das wäre super. Aaargh, du hättest echt mit Else und mir nach Bratteberg kommen sollen.«

Are zuckt die Schultern. Er guckt direkt in die Kamera. Ein müder Zug legt sich über sein nacktes Gesicht. »Das ist jetzt doch eh egal.«

ELSE IST SCHON FERTIG, lange, bevor wir losmüssen. Sie hockt in meinem Zimmer, während ich mir alle Mühe gebe, mich in dem viel zu schlechten Licht zu schminken. Eigentlich sollte ich ins Bad gehen, aber besser gefällt es mir hier zusammen mit Else. Natürlich sieht sie umwerfend aus, und es besteht kein Zweifel daran, dass sie heute Abend auf die Bühne gehen wird.

»Ich hab mich noch immer nicht ganz entschieden, was ich singe. Vielleicht schmettre ich so ’ne richtige Perle aus den Achtzigern, aus Spaß.« Sie hat sich auf dem Sessel ausgestreckt, die Beine baumeln herab, die Arme unterm Kopf und das Gesicht zur Decke gedreht.

»Egal, was du singst, es wird gut, Else«, erwidere ich und tupfe Lidschatten in einem dramatischen Bogen nach außen.

»Das ist die richtige Antwort.« Sie grinst.

»Du bist echt kein bisschen nervös«, stelle ich fest.

»Nö. Richtig Angst hab ich nie. Nur so ein wunderbares Kribbeln im Bauch, wenn ich auf die Bühne gehe. Ich find’s geil, wenn die Leute mich anschauen.«

»Aha, du bist also Exhibitionistin!« Ich feixe und werfe ein Make-up-Schwämmchen nach ihr.

»NEEEEIN«, kreischt sie übertrieben und schlägt sich die Hand auf die Brust.

Wir lachen. Dann ein Moment Stille, ich konzentriere mich auf die Wimperntusche.

»Hast du heute schon was von Are gehört?«

Ich zögere, bevor ich antworte. Schiebe das Tuschebürstchen zurück in die Hülle und schraube es mit Nachdruck zu.

»Ja, wir haben ein paarmal hin- und hergeschrieben. Er ist ziemlich erschöpft.«

»Wundert mich nicht. Ich hab ihm vorhin ein Bild geschickt, aber er hat nicht drauf geantwortet. So eine Chemo ist ja auch grauenhaft.«

»Ich weiß. Und wir reden nicht nur über *einen* Zyklus. Das Schlimmste ist, dass es nicht mal besonders gut zu wirken scheint.«

»Scheißdreck.«

»Verfluchter Mist-Scheißdreck.«

Wir schweigen. Denken an Are. Daran, wie krank er ist. Und wir gehen aus und feiern.

»Fertig?«

»Fertig«, sage ich, atme tief durch und stehe auf.

»Sieht super aus, ein Hundert-Millionen-Dollar-Outfit!«

»Ooooh, amerikanische Dollar?«

»Nein, kiribatische natürlich.«

»Wie ist der Kurs?«

»Weiß der Teufel!«

Else umarmt mich und lacht laut. »Und jetzt werden wir einen tollen Abend haben. Glaub mir! Oh, ich freu mich auf Adil und seine Band!«

Ein Ziehen in meiner Brust. Es macht das Atmen schwer, legt sich aufs Herz, auf meinen ganzen Körper. Ich will aufbrechen und Spaß haben. Feiern. Vergessen. Und gleichzeitig fühle ich mich wie eine verdammte Verräterin.

»Warte kurz«, sage ich und krame mein Handy raus.

»Ein Bild für Are.«
Wir rutschen näher zusammen.

Tausend Küsse von zwei Mädels, die dich wahnsinnig lieb haben.

Wie viel leichter es ist, ihm zu schreiben, wenn wir zu zweit sind.

OBWOHL WIR FRÜH DRAN SIND, ist es im *Eika* schon ziemlich voll. Als Erstes geht Else zum Moderator und lässt sich auf die Liste für die heutigen Auftritte schreiben. Wir zwängen uns durch die Menge und finden die anderen aus unserer Klasse, stellen uns dazu. Wir gehören zusammen. Ich schaue mich um. Lauter Studierende. In der gegenüberliegenden Ecke sitzen Adil, seine Bandkollegen und weitere Leute aus der Zwölften. Gunn ist auch dabei, war ja klar. Sie hat die Haare hochgesteckt und ist stark geschminkt. Da hat es aber jemand nötig aufzufallen. Sie gibt echt nicht auf. Saugt sich an Adil fest wie eine Zecke. Ekelhaft!

Ich schaue zur Bühne. Eine Tontechnikerin schwirrt dort herum und stellt die Mikrofone und Monitore ein. Der Raum bebt vor Erwartung. Ich bin auch nervös, obwohl ich gar nicht auftrete. Aber Else, und Adil. Ein Prickeln hinter den Rippen. Ich behalte ihn die ganze Zeit über im Auge, glaube, dass er zu mir rüberguckt.

Zuerst sind ein paar langhaarige Typen von der Uni dran und spielen instrumentalen Blues. Ihr Auftritt dauert ewig, sie juckeln rum und quälen ihre Gitarren, oh Mann, wollen sie den kompletten Abend so weitermachen? Else und ich wechseln einen Blick, und als sie endlich fertig sind, ziehen wir die Augenbrauen hoch und klatschen mit den kleinen Fingern. Die schlechteste Note in unserem guten alten Bewertungssystem. Aber dann!

»Die Nächste auf der Liste ist Else Krovik. Herzlich willkommen!«, sagt der Moderator und strahlt sie begeistert an.

Aha, ihn hat sie also bereits um den Finger gewickelt. Else steht auf, ich stupse sie kurz in die Schulter, und sie macht sich auf den Weg zur Bühne, als wäre es das Selbstverständlichste der Welt. Sie nimmt Raum ein, zieht alle Blicke auf sich. Sie weiß, wie sie die Stille nutzt, die Pausen, wie sie sich interessant macht. Sie *ist* interessant.

»Vielen Dank! Das ist mein erstes Open Mic. Und ich dachte, ich singe einen brandneuen Song, einen, der gerade erst geschrieben wurde«, sagt sie und greift nach einer Akustikgitarre.

Der Moderator hat einen Barhocker geholt, damit sie sich setzen kann.

Hä? Ein neuer Song? Ich wusste gar nicht, dass Else neuerdings auch Songs schreibt, das bringt mich ganz durcheinander.

»Aber nicht ich habe ihn geschrieben. Das waren zwei meiner engsten Freunde: Are und Mia. Mia, meine beste Freundin, die da drüben sitzt ... hat den wunderschönen Text geschrieben. Und Are, unser guter Freund, der ... er hat die Melodie komponiert. Das Stück heißt *Ich leuchte dir den Weg nach Haus.*« Ein dünner Schmerz in Elses Stimme. Dann reißt sie sich zusammen.

Ich bin völlig baff. Wie ist Else an den Song gekommen? Are muss ihr davon erzählt haben, schon klar, aber wie hat sie es geschafft, ihn einzuüben?

Mir wird heiß. Die Leute klatschen, dann verebbt der Applaus, die Erwartungen hängen deutlich spürbar im Raum. Else beginnt, das Intro zu spielen. Sanfte Gitarrentöne, so wie Are sie geschrieben hat. Und dann Elses glockenklare, kräftige Stimme:

Vor hellem Fels steht schwarz der Wald,
die Nacht bricht an, du irrst umher.
Dein Weg nach Haus ist lang und kalt,
den Pfad zu finden, fällt dir schwer.

Der Mond steigt auf, sein Licht zerrinnt
für dich, der mit Gedanken ringt,
mit Worten, die gesprochen sind,
mit dem, was die Erinn'rung bringt.

Das Dunkel wächst, die Nacht beginnt.
Mein liebster Freund,
ich leuchte dir den Weg nach Haus,
ich helfe dir, ich geh voraus.

Im Schein des Lichts in meiner Hand
ruf ich nach dir, doch du bist fort.
Der Wald, er ist ein Schattenland,
nur Rauschen, Raunen, dunkler Ort.

Es dämmert schon, doch ich bleib wach,
ich weiß, der Weg ist dir verstellt.
Ich weiß, du brauchst ein sich'res Dach,
du brauchst den Freund, der zu dir hält.

Das Dunkel wächst, die Nacht beginnt.
Mein liebster Freund,
ich leuchte dir den Weg nach Haus.
Ich helfe dir, ich geh voraus.
Ich leuchte dir den Weg nach Haus,
ich leuchte dir nach Haus.

SIE HÄLT DAS LETZTE WORT, lässt es strahlen und ganz für sich allein verklingen. Ich bin fertig. Etwas in mir zerbricht. Tränen laufen mir übers Gesicht, und ich fühle mich wie die letzte Idiotin, weil ich über meinen eigenen Text heule, aber darum geht es nicht! Es geht um Are, um das, was uns verbindet, darum, wie wunderschön Else gesungen hat, und um das ganze große Durcheinander. Der Applaus dröhnt, das Publikum ist außer sich vor Begeisterung. Else steht auf und verbeugt sich tief, immer noch mit der Gitarre vor dem Bauch, weist dann mit einer Hand in meine Richtung.

In mir ist es dunkel, doch nun steigt ein kleines Licht auf. Ein stolzes kleines Licht. Die anderen aus der Klasse klopfen mir auf die Schulter, brüllen mir Lob ins Ohr. Else kommt und setzt sich zu mir, wir umarmen uns lange und fest. Ich spüre, wie ihr Körper bebt.

Dann ist Adil da, er muss als Nächster auf die Bühne, doch zuvor beugt er sich zu mir herunter und sagt: »Du bist fantastisch, Mia.« Direkt in mein Ohr.

Bestimmt sagt er das Gleiche zu Else, aber er hat es in mein Ohr gesagt, seine Lippen waren ganz nah.

Ich hab gehört, wir sind jetzt berühmt?

Jupp! Wer von Simon & Garfunkel willst du sein?

Der mit den wilden Haaren geht ja wohl nicht!

LOL

MAGNUS SCHLENDERT ENTSPANNT durch die Klasse und teilt die Zeugnisse aus. Es ist der letzte Tag vor den Weihnachtsferien, wir gucken *Tatsächlich ... Liebe* und essen Süßigkeiten, es ist total entspannt. Ich freu mich riesig auf Weihnachten zu Hause.

Allerdings traue ich mich fast nicht, meine Noten anzuschauen. Lernen war diesen Herbst nicht gerade meine Top-Priorität. Es ging einfach nicht. Dann riskiere ich doch einen Blick und spüre sofort einen schweren Stein im Bauch. Ich habe mich in beinahe allen Fächern verschlechtert. Und obwohl ich damit gerechnet habe, tut es weh. Fleißige Mia, was ist passiert? Na ja. Are ist passiert. Der Krebs ist passiert.

Plötzlich steht Magnus vor meinem Tisch. »Kann ich dich kurz sprechen, Mia?«, fragt er leise.

»Okay«, flüstere ich.

Wir gehen auf den Flur. Mein Herz pocht heftig. Es fühlt sich an, als hätte ich etwas richtig Dummes angestellt, als wäre ich in der ersten Klasse und müsste zur Direktorin.

»Was meinst du?«, fragt er.

»Hm?«, mache ich.

»Was meinst du zu deinen Noten?«

Ich blinzle. Schlucke. Spüre auf einmal die Tränen aufsteigen, völlig idiotisch. So ist es immer schon, wenn mich jemand ausschimpft und ich mich ganz klein fühle. Dann ist es nie weit zu den Tränen, ärgerlich und schmerzhaft.

»Nicht so toll«, sage ich leise.

»Vielleicht magst du mir erzählen, was los ist? Irgendwas bedrückt dich doch?«

Ich nicke. Zu mehr bin ich nicht in der Lage.

»Rolfen hat mir erzählt, dass du in der Geschichtsklausur nur zwei Zeilen abgegeben hast. Er hat sie mir gezeigt und dachte wohl, ich würde resigniert seufzen. Aber weißt du, was? Das, was da stand, diese beiden Zeilen, das ist das schönste Gedicht, das ich seit Langem gelesen habe.«

Die Tränen kommen. Sie sind nicht mehr aufzuhalten. Ich lasse sie laufen, schaue zu Boden, schluchze.

»Mia. Du hast etwas, das nicht viele haben. Du hast deine Worte, ein ungewöhnliches Gespür für Sprache. Ist dir das bewusst? Das kannst du für die Musik nutzen, das wird großartig. Du bist so talentiert, vor allem beim Schreiben. Und dieses Gedicht ... Es tut mir so leid, dass ich nicht früher bemerkt habe, wie schlecht es dir geht.«

Endlich schaffe ich es, ihn anzuschauen. Sein Blick ist warm.

»Wenn du mir also erzählen könntest, was los ist ...«

Ich schluchze ein paarmal, hole Luft. »Mein bester Freund, Are ... Er hat Krebs.«

Ich kann nicht weitersprechen.

»Ich hab so Angst, ihn zu verlieren«, krächze ich.

Und Magnus nimmt mich fest in den Arm. Ich weine in seinen Strickpullover, der nach Moos riecht und ein bisschen nach Feuer. Ich kann mich nicht erinnern, von einem Lehrer getröstet worden zu sein, seit ich mir in der Grundschule das Knie aufgeschlagen habe und lauter Steinchen herausgepult werden mussten. Aber das hier schmerzt mehr. Auf eine andere Art. Tiefer als eine blutende Wunde voller Steinchen.

Als wir in die Klasse zurückkommen, ist der Film fast vorbei. Ich bin froh, dass das Licht aus ist, so aufgedunsen und verheult, wie ich bin. Sie sehen es trotzdem. Viele wissen ja von Are. Aber niemand sagt was.

Dann ist der Film zu Ende, und zum Abschluss singen wir *Stille Nacht.* Die gerade erst versiegten Tränen kehren zurück.

Schlaf in himmlischer Ruh. Schlaf in himmlischer Ruh.

»Und ab mit euch!«, sagt Magnus, kaum dass der letzte Ton verklungen ist. »Habt schöne Weihnachten!«

In Windeseile packen wir unsere Sachen zusammen und stürmen hinaus. Endlich. Weihnachten zu Hause. Wie ich das brauche, ein paar Weihnachtstage zu Hause! Ich muss nur noch kurz in die Wohnung und meine Tasche holen.

»Nimmst du auch die Fähre um halb drei?«, fragt Else draußen vor dem Musikgebäude.

Sie ist in voller Fahrt, und klug wie sie ist, hat sie schon alles dabei, was sie mitnehmen will, und ist direkt auf dem Weg zum Kai.

Ich schüttle den Kopf. Das schaffe ich nicht.

»Alles okay bei dir?«

Sie streicht mir über die Wange, schließlich weiß sie genau, wie ich aussehe, wenn ich geheult habe.

»Ich nehm die nächste. Wir sehen uns dann heute Abend bei Halvor«, sage ich heiser.

»Bis dahin! Ich muss los!«

Heute Abend wollen wir uns treffen, zu fünft. The Fab Five. Are, Jens, Halvor, Else und ich. Zusammen abhängen, den Ferienanfang feiern. Und dass Are zu Hause ist, nur ganz kurz, bevor der nächste Chemozyklus ansteht. Es war seine Idee, heute Abend was zusammen zu machen. Uns zu fünft zu treffen, wie früher.

Eine Hand legt sich ruhig auf meine Schulter, und ich fahre herum.

»Frohe Weihnachten, Mia!« Adil steht da, und wieder sieht er aus, als würde er mich gern umarmen, traue sich aber nicht.

Wie sehr ich mir diese Umarmung wünsche. In seine Arme zu fallen wie in einen weichen Traum. Oh. Mein. Gott.

»Ja, frohe Weihnachten!«, stammele ich und schaffe es, ein halbwegs vernünftiges Lächeln auf mein verheultes Gesicht zu zwingen.

Er sagt nichts weiter, hebt nur die Hand und geht langsam rückwärts, hält dabei meinen Blick. Dann dreht er sich um und verschwindet.

ZU HAUSE INS WOHNZIMMER ZU KOMMEN, ist, als würde man in einem tröstlichen warmen Bad versinken, nachdem man fast erfroren ist. Unglaublich schön.

Mama hat Weihnachtssterne aufgehängt, in allen Ecken funkelt es. Teelichte brennen und das Haus duftet nach Weihnachtsräucherwerk. Ganz hinten in der Ecke steht die Krippe, die wir schon immer hatten.

»Ooooh!«, rufe ich und lasse mich davor auf die Knie fallen. Jedes Jahr freue ich mich wieder über sie. Ich nehme eine Figur nach der anderen in die Hand. Am liebsten mochte ich immer das kleinste Schaf. Vorsichtig streiche ich mit dem Zeigefinger darüber. Und Mia-Maria mag ich natürlich auch. Früher konnte ich sie einfach nicht an der Krippe beim Jesuskind stehen lassen, und wir waren ständig damit beschäftigt, sie zu suchen, weil ich sie wieder irgendwo verlegt hatte.

»Und morgen holen wir den Weihnachtsbaum, ja?«

»Klar, machen wir. Oben am Waldweg stehen ein paar schöne Tannen.« Papa klingt froh.

Ich kann ihm ansehen, dass er sehr zufrieden ist, sein kleines Mädchen über Weihnachten zu Hause zu haben.

»Aber nicht so früh, ich geh später noch zu Halvor.«

»Oh!«, sagt Mama froh. »Das ist aber schön! Da warst du lang nicht mehr.«

»Die anderen kommen auch. Sogar Are.« Ich lächele, strecke mich neben Balder auf dem Wohnzimmerboden aus. Er rollt sich auf den Rücken, damit ich ihm den Bauch kraulen kann.

»Wie geht es Are denn?«, will Mama wissen.

»Ganz okay, glaube ich. Na ja ... Es ist halt nicht so leicht. Er ist auch nur kurz zu Hause, bis zur nächsten Chemo.«

»Ich hoffe so sehr, dass alles gut wird.« Ihre Stimme ist belegt.

MUSIK UND FRÖHLICHE STIMMEN dringen aus dem Dachgeschoss, als ich die Treppe in Halvors Haus hochgehe. Meine Schritte sind vorsichtig, ich schleiche mich an. Ich will nicht, dass sie mich bemerken. Vor der Tür bleibe ich stehen und lausche. Ich höre sie alle vier, sie reden wild durcheinander, sprudeln über, Are sagt irgendwas Witziges, und die anderen prusten los. Irgendwo in mir schmerzt eine alte Sehnsucht. Das hier habe ich vermisst. Es ist tausend Jahre her, seit wir fünf zuletzt in Halvors Zimmer unterm Dach saßen, Quatsch gemacht, Musik gehört und alberne Handyfotos geschossen haben.

Es ist seltsam, so außen vor zu stehen. Die zu sein, die drinnen fehlt. Plötzlich spüre ich einen Schmerz, wie eine Wunde, die sich in meiner Brust öffnet. Angst, dass das hier verschwinden könnte. Ich schnappe nach Luft. Sammle mich, lege die Hand auf die Klinke und gehe zu den anderen rein.

ARE HUMPELT AUF SEINEN KRÜCKEN LOS. Wir sind leicht angesäuselt und kicherig, nachdem wir den ganzen Abend in Halvors Dachgeschossbude doch ein bisschen was getrunken haben. Okay, Are hat nicht so viel getrunken. Darf er nicht. Morgen muss er schon wieder nach Oslo. Eine ganze Woche Chemo. Jetzt. So kurz vor Weihnachten. Es ist verdammt unfair.

»Sollen wir nicht besser jemanden finden, der uns fährt?«, frage ich. Ich sehe Are an, dass er erschöpft ist.

»Nein, passt schon.«

»Papa ist jeden Moment hier«, sage ich.

»Ist doch nicht weit, ich kann unser Haus schon sehen!«

»Aber er holt mich ohnehin ab.«

»Du kannst ja über Nacht bleiben«, sagt Are mit rauer Stimme.

Ich schaue ihn an. Meint er das ernst? Das macht mich verlegen. Ich erwidere nichts. Auch er sagt nichts weiter dazu. Eine Sekunde lang stelle ich mir vor, mich wirklich neben ihn ins Bett zu legen. Mich an seinen dünnen, haarlosen Körper zu schmiegen. Ihn die ganze Nacht lang im Arm zu halten. Wir sind Freunde, nicht mehr, ich könnte bei ihm übernachten, ohne dass es komisch wird. Könnte ich das? Mit Are im Bett liegen, so wie er es sich wünscht? Könnte ich ihm das geben?

»Ja, aber Papa ist schon unterwegs, von daher ...«

Es ist spät. Das Dorf liegt still in der Kälte. Der Himmel ist klar, unzählige Sterne.

Eine dünne Schicht Reif liegt über allem. Jeder Grashalm, jeder Zweig, alle Wege und Häuser sind von winzigen weißen Nadeln überzogen. Alles glitzert.

»Guck mal, die Weihnachtsbeleuchtung da drüben, ist die nicht krass?«, sagt Are.

Wir bleiben stehen. Ich staune. »Wow! Das gibt's ja gar nicht!«

Etwas weiter oben auf dem Hügel steht ein Haus, das in Sachen Weihnachtsdeko wirklich alles toppt. Überall bunte Lichterketten, um die Fahnenstange, am Verandageländer. An den Fensterscheiben wie tollwütig blinkende angeklebte Engelssilhouetten. Ein greller Weihnachtsmann steht mitten im Garten und winkt grinsend.

Ich zeige ihm den Mittelfinger. »Komm klar, alter Mann!«

Are kriegt einen Lachanfall. Dass ich ihn so zum Lachen bringen kann, macht mich froh. Am liebsten würde ich Arm in Arm mit ihm weitergehen, aber die Krücken sind im Weg.

Wir sind fast an Ares Haus angekommen, als Papa vorfährt.

»Wir bringen dich auf jeden Fall nach Hause.«

»Nein, ich will zu Fuß gehen.«

»Bist du sicher?«, frage ich.

»Ja.«

Ich steige ein. Drehe mich um und schaue durch die Rückscheibe zu Are.

Er steht völlig unbeweglich da, den Kopf in den Nacken gelegt.

AM TAG VOR WEIHNACHTEN klingelt es an der Tür. Draußen steht Are.

Ich bin so überrascht, so froh, und werfe mich ihm um den Hals. »Du bist noch zu Hause? Bleibst du doch über Weihnachten?«

Er nickt.

»Komm rein!«

Routiniert überwindet er die Türschwelle auf Krücken, reicht mir die Krücken, während er sich auf der Bank die Schuhe auszieht.

»Müsstest du nicht in Oslo sein?«

Are antwortet nicht, wir gehen ins Wohnzimmer. Er setzt sich, lehnt die Krücken ordentlich neben sich. Ich hole zwei Flaschen Weihnachtslimo aus dem Kühlschrank. Die paar Sekunden reichen, um Angst zu kriegen. Irgendetwas stimmt nicht. Ihn bedrückt etwas, er will mir was erzählen. Als ich ins Wohnzimmer zurückkomme, wirkt er verloren da auf dem Sofa. Er hat die Hände in den Schoß gelegt, betrachtet ein Bild an der Wand, aber eigentlich auch nicht. Sein Blick wirkt weit, weit weg. Ich öffne die Limoflaschen, und Are ist zurück.

»Ah, zischende Kronkorken, was?«, sagt er. »Auch wenn es nur Weihnachtslimo ist.«

Ich lache. »Prost!«

Wir stoßen die Flaschen aneinander, ein bisschen zu stark,

meine Limo sprudelt über, und ich muss schnell den Schaum abtrinken.

Are lacht und schüttelt den Kopf. »Hat dir noch nie jemand gezeigt, wie man richtig anstößt?«

»Nö! Und ich bin stolz drauf!«

Are lächelt. Sein Blick ist anders. Nicht so, wie ich ihn kenne, warm und voller Hoffnung. Sondern einfach nur traurig. Meine Angst wächst. Schnürt mir die Brust zu.

»Schieß los, was ist mit deiner Oslo-Tour-Chemo-Kur?«

Ich höre selbst, dass es nicht in die Stimmung passt, wie ich es sage. Diese Albernheit passt nicht.

Are holt so tief Luft, als würde er sich auf einen langen Tauchgang vorbereiten. »Ehrlich gesagt war diesmal gar nicht geplant, dass ich wieder nach Oslo fahre. Dass ich das gesagt hab, war eher ... eine Notlüge, um ...«

Er bricht seinen Satz ab. Die kalte Schlinge in meiner Brust zieht sich weiter zu. Ich traue mich kaum zu atmen.

»Eine Notlüge?«, flüstere ich, die Stimme kaum mehr als ein Luftzug.

»Na ja, eigentlich ist es gar keine Pause. Sie haben mich nach Hause geschickt, weil ... weil sie nichts mehr tun können. Ich wollte euch das eigentlich an dem Abend bei Halvor erzählen, aber ... Na ja. Ging nicht.«

Mein Kopf summt. »Was meinst du damit? Was meinst du mit sie können nichts mehr tun?«

»Sie wollen noch Bestrahlung ausprobieren, als letzten Versuch. Aber. Ich werde sterben.«

WIR LIEGEN an den entgegengesetzten Enden des Sofas, unterhalten uns leise.

Worüber sprechen wir? Sprechen wir über den Tod?

Warum liegen wir so?

Warum nehme ich ihn nicht in den Arm?

Ich habe Todesangst, ihn zu verlieren. Todesangst, ihm zu nah zu kommen.

Ich habe Todesangst. Wie unpassend das klingt.

Ich muss doch keine Todesangst haben?

Jedenfalls nicht vor meinem Tod. Vor Ares Tod.

WIR VERABSCHIEDEN UNS an der Haustür, es ist Nacht geworden und hat wieder zu schneien begonnen. Große, weiße Flocken segeln vom Himmel, legen sich auf die Lichterkette in der Tanne vor dem Haus. Sie dämpfen das Licht und lassen es ganz friedlich erscheinen.

Are schiebt die Hand in die Tasche. Zieht eine kleine, eckige Schachtel heraus, die in goldenes Geschenkpapier gewickelt ist. Ein glänzendes rotes Band drum herum. Das Päckchen schreit geradezu Juwelier.

Er reicht es mir. »Für dich. Frohe Weihnachten.«

Ich nehme es entgegen, mein Herz setzt kurz aus. In meiner kalten Faust ist das Päckchen ganz warm. »Frohe Weihnachten, ich ...«

So ein Geschenk hab ich noch nie bekommen. Er dreht sich um und will gehen.

»Warte, Are. Ich hab auch was für dich.«

Er stoppt und schaut mich fragend an.

Schnell laufe ich in mein Zimmer.

Seine Augen glänzen, als ich ihm mein Geschenk gebe.

»Danke«, sagt er. »Danke, Mia.«

Das Geschenk für ihn habe ich schon vor Ewigkeiten eingepackt. Gleich nachdem ich es eingerahmt hatte: das Gedicht. Die zwei Verse.

Wenn der Wind verklingt, legt sich der Schnee
Ein Engel flüstert

Ich schaue ihm hinterher, wie er im Schneegestöber verschwindet, das Geschenk unter den Arm geklemmt. Die Krücken rutschen auf dem glatten Untergrund.

ZUM ERSTEN MAL fühlt sich Heiligabend überhaupt nicht weihnachtlich an. Das warme, gute Gefühl bleibt aus. Und das, obwohl Mama und Papa den Tisch gedeckt und Kerzen angezündet haben, obwohl der Weihnachtsbaum geschmückt ist, der Knabenchor im Fernsehen singt und ein Feuer im Kamin brennt.

Sie nehmen sich vom Essen. Sie geben mir auf. Aber ich stochere nur auf meinem Teller herum.

Das winzige Päckchen von Are unter dem Baum ist wie ein Auge, das mich drohend anstarrt. Ich hätte es längst öffnen sollen.

Abrupt lege ich das Besteck beiseite, gehe zum Baum und greife danach. Ich reiße das Papier mit den Fingernägeln auf, beiße das Band mit den Zähnen durch, wie ein Tier. Öffne das Päckchen. Öffne die Schachtel, und da steckt der Ring in einem Samtkissen, funkelt mir entgegen. Zwei verschlungene Linien, die einander umtanzen und sich zu einem Herzen vereinen.

Mama und Papa sind still, kein Mucks ist zu hören. Von mir auch nicht.

Als wüsste ich überhaupt nichts von der Welt. Als wäre sie einen Augenblick lang vor mir verborgen. Verschwunden. Ich kann keinen einzigen Muskel bewegen, und doch zittere ich. Die Zeit vergeht, oder sie steht vollkommen still, ich weiß es nicht.

Schlaf in himmlischer Ruh! Schlaf in himmlischer Ruh!, singt der verfluchte Knabenchor im Fernsehen.

Was für ein riesengroßer Mist das ist! Wenn jemand für immer schlafen soll. Ich lasse den Deckel der Schachtel mit einem Knall zuschnappen und gehe in mein Zimmer.

MEINE HÄNDE BEBEN, die gespreizten Finger zittern, als ich den Ring darüberziehe. Er passt am linken Ringfinger. Die Lichter meines winzigen, bunten Weihnachtsbaums spiegeln sich im Ring. Er glänzt. Ganz neu, so schimmernd, dass es blendet. Es ist ungewohnt, einen Ring zu tragen. Will ich das überhaupt? Was bedeutet es? Gehöre ich jetzt zu Are? Bis zum Tod? Ich umfasse den Ring mit zwei Fingern, schiebe ihn schnell vor und zurück. Schon nach Sekunden fühlt es sich an, als würde er brennen, er wird richtig heiß. Das ist keine Magie, es ist Reibung. Ein Naturgesetz. Auch der Tod hat nichts Magisches an sich. Ein Naturgesetz. Ich werde eine Freundin für Are sein, bis zum Tod. Bis dass uns die Naturgesetze scheiden.

Ich halte die Hand mit dem Ring vor mir in die Luft. Mache ein Foto mit dem Handy, die Spiegelung der Lichterkette ist deutlich im Herzen zu erkennen. Scrolle mich zu Ares Nummer, drücke auf Senden.

Danke für das Geschenk, es ist
wunderschön!

Ich habe gehofft, dass du es magst. Dir
auch vielen Dank, Mia, für das Gedicht.
Du musst unbedingt weiterschreiben.
Versprich mir das.

Mach ich.

Wenn ich nicht mehr bin, kannst du ein Buch schreiben, mit einer großartigen Hauptfigur namens Are.

!!

Und es heißt ... Hm, muss ich mir noch überlegen. Übrigens: Ich hab noch ein Geschenk für dich.

Ja?

Knochen und Gräten, eine Sammlung. Da hast du auch gleich den Titel für dein Buch!

...? Du schenkst mir deine Knochensammlung?

Ja. Frohe Weihnachten!

☺ Frohe Weihnachten, du Verrückter. Ich hab dich lieb.

Ich hab dich lieber, als du dir vorstellen kannst.

AUF DER SILVESTERPARTY IST ES VOLL. Dicht an dicht drängen sich die Leute auf der Tanzfläche, verschwitzt, angetrunken, in ihren schicksten Klamotten. Die Musik ist irre laut, doch dann spielen sie auf einmal den ruhigen, wunderschönen Song aus dem Sommer. Den vom Festival. Vom Konzert. Die Erinnerung ist gleich wieder da, warm.

Ich schaue fragend zu Are. Er nickt und lächelt, gedankenverloren. Wir treffen uns dort.

Er beugt sich zu mir und brüllt mir ins Ohr: »Sollen wir tanzen?«

Ich schaue ihn an, denke erst, er macht Witze. Aber er meint es ernst.

»Kannst du denn mit denen tanzen?«

Er schüttelt den Kopf. Wirft die Krücken von sich.

Ich nehme seine Hand, langsam bewegen wir uns Richtung Tanzfläche. Ich stütze ihn. Wir bleiben stehen. Ich lege meine Arme um ihn, um ihn und mich. So stehen wir da und schwingen von rechts nach links, genauso wie auf dem Konzert. Zum schönsten Lied.

Meine Stirn ruht an seinem Hals. Er ist genau einen Kopf größer als ich. Unsere Beine bewegen sich nicht. Wir wiegen uns. Wie Seegras in den Wellen. Irgendwo zwischen Land und Meer. Ich weiß, er wird bald von mir wegtreiben. Ich weiß, ich werde ohne ihn zurückbleiben.

Doch in diesem Moment tanzen wir.

DIE WEIHNACHTSFERIEN SIND VORBEI. Sie haben sich echt gezogen. Weihnachten, das ich so liebe, das sonst immer voller Freude, Fröhlichkeit und Wärme war. Als hätte es dieses Jahr gar kein Weihnachten gegeben. Als zählte es nicht. Es ist etwas anderem gewichen, etwas Unbekanntem, Fremdem.

Auch die Wohnung fühlt sich fremd an. Ich trete durch die Tür und habe nicht den Eindruck, schon mal hier gewesen zu sein. Mir wird schwindelig, ich fasse mir an den Kopf. Versuche, meine Gedanken zu sammeln. Es ist so was von unwirklich, dass ich schon ein halbes Jahr aufs Musikgymnasium gehe, schon vor Monaten ausgezogen bin, gerade erinnere ich mich kaum an diese Zeit. An Bratteberg, an alles, was hier passiert ist. An mein anderes Leben. In den Ferien war das alles so weit weg, ich habe kaum daran gedacht. Are war alles, was zählte.

Ich klopfe bei Else, die schon gestern Abend zurückgefahren ist. Ich muss beinahe an die Tür hämmern, damit sie mich bemerkt, sie hört Musik, Death Metal, voll aufgedreht.

»JA?«

Die Musik wird leiser, und ich schiebe die Tür auf.

»Oh, du bist schon da? Ich hab dich gar nicht gehört!«

Sie hat getanzt, ist verschwitzt. Wirkt überrascht, blinzelt in meine Richtung. Ich setze mich auf ihr Bett.

»Na, bereit für die Schule morgen?«, fragt sie.

»Nope.«

»Ich schon. So was von bereit. Ich glaub, es ist gut, wenn wir wieder was zu tun haben. Mal an was anderes denken. Das waren die beschissensten Weihnachtsferien ever!«

»Oh, warte mal, werden morgen nicht die Rollen fürs Musical verteilt?«

Else guckt mich aus eifrig leuchtenden Augen an. »Yes! Wie konntest du das vergessen? Du glaubst gar nicht, wie sehr ich mich auf die Proben freue. Bin gespannt, welches Musical sie ausgesucht haben! Ich hoffe ja auf *Les Misérables*, aber das sind vielleicht ein paar Rollen zu viel.«

»Mmm«, mache ich und schaffe es nicht, genauso enthusiastisch zu klingen. »Ich hoffe eigentlich auf eine kleine Rolle«, sage ich dann. »Wird's wahrscheinlich eh, wenn wir das Projekt mit denen aus der Zwölften machen. Die bekommen doch bestimmt die Hauptrollen.«

Elses Gesicht verdunkelt sich. Sie hat nicht vor, sich hinter irgendwelchen Zwölftklässlern zu verstecken, die schlechter singen oder spielen als sie.

»Aber ich glaub gar nicht, dass die so toll sind, wetten, die konzentrieren sich so aufs Singen, dass sie stocksteif auf der Bühne stehen?«, beeile ich mich hinterherzuschieben.

»Ja, glaub ich auch. Wobei, Adil kriegt sicher eine Hauptrolle.«

Etwas rührt sich in meiner Brust. Winzige Seifenblasen zerplatzen.

»Bestimmt«, sage ich. »So ein kleiner Streber.«

»Er ist aber auch echt gut.«

Aus dem Augenwinkel spähe ich zu Else rüber. Wie sehr mag sie ihn eigentlich? Mir ist schon aufgefallen, dass sie stets in den höchsten Tönen von Adil spricht. Etwas brennt in meinem Inneren. Gegen Else hätte ich keine Chance.

»Jedenfalls besser als Georg«, sage ich vorsichtig.

Else zuckt zusammen und schüttelt den Kopf. »Ha, ja. Das hätte ich ihm echt nicht zugetraut.«

»Vergiss ihn.«

»Das versprech ich dir, das hab ich längst getan!«

»Gut.«

Wir lachen.

»Ich mach uns schnell was zu essen. Mama hat mir ihr Tikka Masala mitgegeben, hab ich doch erzählt? Das muss nur kurz in die Mikrowelle.« Else springt auf und läuft in die Küche.

»Du bist super! Deine Mutter auch!«, rufe ich ihr dankbar hinterher und lasse mich in die Kissen sinken.

Ich atme tief durch und schließe die Augen. Denke an das Musicalprojekt, das wird mega, das weiß ich doch.

Ja, jetzt fühle ich es auch. Es ist gut, wenn der Alltag weitergeht. Singen. Proben. Spielen. Schreiben. Lernen. Zuhören. Schule. Auf einmal fühlt es sich an, als könnte es klappen, die verdammten Weihnachtsferien beiseitezuschieben und mich auf etwas Schönes zu freuen.

IN DER ERSTEN STUNDE NACH DEN FERIEN haben sich die Elft- und Zwölftklässler in der Aula versammelt. Vorne stehen Magnus und Karolina und versuchen, den Beamer zum Laufen zu bekommen.

Die Aufregung in der Luft ist nicht zu leugnen. Es ist ja auch eine große Sache. Die Musicals vom Musikzweig sind weithin bekannt, ich habe auch schon mehrere gesehen. Ziemlich professionell gemacht. Und jetzt sind wir dran.

Else kaut an den Fingernägeln, während sie angespannt auf die Leinwand starrt, auf der bisher noch nichts zu sehen ist. Ich dagegen warte die Verteilung der Rollen in Ruhe ab, aber bin auch neugierig, welches Musical es wird.

Endlich erscheint etwas auf der Leinwand: *Unser diesjähriges Musical.*

»Jetzt. Da! Seid ihr bereit für den großen Moment?« Karolina klatscht vor Begeisterung kurz in die Hände.

Magnus streicht sich drei-, viermal die Haare zurück und räuspert sich. Dann leuchten auf einmal schwarze und weiße Quadrate auf der Leinwand auf. Das ist alles.

»Hä?«, fragt jemand.

Karolina lacht, freut sich. »Ratet mal!«

»CHESS!«, schreit Else und springt fast von ihrem Stuhl auf. »Das muss *Chess* sein!«

»Hundert Punkte für Miss Krovik!«, ruft Magnus zufrieden.

Ein Raunen geht durch die Aula, bevor dann Applaus aufbrandet.

»*Chess* ist vielleicht nicht das bekannteste Musical aller Zeiten, aber: Was für eine Musik! Was für Songs! Um nur einige zu nennen: *Anthem, I Know Him So Well, One Night in Bangkok* ... Die Liste ist lang, und ihr werdet sie ausgiebig studieren. Das wird super!« Karolina reißt die Arme in die Höhe, als wollte sie jeden Moment lossingen.

Mein Puls steigt. Jetzt geht es los. Eine komplette Inszenierung, ein richtiges Ensemble, Musik, Dialoge, Theater, gemeinsames Musizieren, all die Dinge, von denen ich seit der Grundschule träume.

Magnus stellt die verschiedenen Rollen vor und erklärt uns kurz die Handlung. Er spielt ein paar kurze Auszüge aus der Inszenierung im Londoner West End ab, und Else neben mir seufzt selig.

»So. Kommen wir zur Besetzung der vier Hauptrollen: Anatoly - Adil!«

Jubel bricht los. Adil wird rot, fasst sich an die Stirn und atmet erst mal durch.

»Freddie - Kristian!«

Noch mehr Applaus.

»Und dann sieht es ganz so aus, als hätten die Mädels aus Elvedal die anderen schachmatt gesetzt ...«

Else kneift mich so fest in den Arm, dass ich mich zusammenreißen muss, um nicht aufzuschreien.

»Florence wird von Else gespielt! Und Svetlana von Mia!«

WHAT? In meinem Kopf dreht sich alles. Ich höre Else juchzen. Ich selbst bin wie im Schock. Vielleicht habe ich mir klammheimlich sogar eine Hauptrolle gewünscht, aber mich nicht getraut, darauf zu hoffen? Die Freude rauscht durch meine Adern, gefolgt von einem Quäntchen Angst. Kann ich das? Else stürzt sich auf mich und schreit mir ins Ohr.

»Du und ich! Du-du-du-Duuuuuuett!«

Ich muss lachen, sie wirft mich fast vom Stuhl. Ich schaue zu Adil, er guckt direkt zu mir und reckt beide Daumen in die Höhe. Stimmt ja, er liebt Musicals. Und dann dieses Lächeln.

In mir rieselt es. Silberglitzer, Sonne.

Stell dir vor! Sie wollen mich nach Bratteberg verlegen.

Echt? Wann? Dann sehen wir uns ja bald!

Wahrscheinlich schon nächste Woche. Du musst auf jeden Fall kommen und mit mir im Krankenhaus abhängen. Das wird zum Totlachen.

!! Unbedingt! Ich freu mich drauf, dich zu sehen.

Viel zu sehen gibt's da jetzt nicht. Egal. Ich freu mich auch auf dich.

Ob du's glaubst oder nicht, ich hab eine der Hauptrollen in CHESS gekriegt. Wahnsinn, oder? Stimmt aber. Else hat natürlich auch eine ...

Gratuliere! Wundert mich nicht.

Mich aber.

Ich würde das Musical so gern sehen.

Are ♡

Tja, für mich gibt's wohl nur noch eine Partie Chess auf dem iPad gegen Magnus Carlsens Avatar von vor sieben Jahren …

Oh Mann!

Ich weiß …

ELSE RUFT MEINEN NAMEN DURCH DEN FLUR, bevor sie klopft. Ich sitze über den Hausaufgaben und erschrecke mich. Warum schreit sie so? Das macht sie doch sonst nicht. Aber bevor ich in Panik ausbrechen kann, steht sie schon vor mir und wirkt gut gelaunt, mit einem Hauch von Traurigkeit.

»Was ist los?«

»Jens und Halvor kommen zu Besuch! Also, so ungefähr jetzt sofort.«

»Wie, jetzt? Ich wusste nicht mal, dass sie überhaupt kommen!«

»Ja, sie waren bei Are.«

»Ach so. Wie schön.«

Else nickt, ich nicke. Wir stehen da, nicken immer weiter und sagen nichts. Denn Besuch von Jens und Halvor ist natürlich schön, aber der Anlass für ihren Besuch ist es weniger. Der ist einfach nur traurig. So was von traurig.

Kurz darauf klingelt es. Else löst sich aus ihrer Starre und geht zur Tür. Ich höre die gut gelaunten Stimmen, sehe die drei vor mir, wie sie einander umarmen, sich bewegen, sehe alles vor mir, obwohl ich es gar nicht sehen kann. Wir kennen uns in- und auswendig. Plötzlich wird mir bewusst, wie unendlich viele Stunden und Tage wir fünf schon zusammen verbracht haben. Sämtliche Schultage, von der ersten bis zur zehnten Klasse, außerdem den Großteil unserer Freizeit. Wie gut kennt man einander nach so langer Zeit? Alles, was wir zusammen erlebt haben, rast durch mich hindurch. Die vielen Stunden, jede einzelne von ihnen, schießen durch meinen Kopf, und ich denke an Are. Tausend Augenblicke, tausend Schritte, die wir gemeinsam gegangen sind, er und ich.

Ich muss mich zusammenreißen, um vom Schreibtischstuhl hochzukommen und in den Flur zu gehen, wo ich die Jungs begrüße. Es ist schön, sie zu sehen. Ihre Umarmungen fühlen sich so gut an wie immer, Jens und Halvor sind sie selbst und gleichzeitig nicht. Irgendwie wortkarg. Man merkt ihnen den Ort an, von dem sie kommen. Etwas Fremdes haftet ihnen an, der feuchte Atem des Krankenhauses.

»Wie geht es ihm?«, frage ich schließlich, als wir es uns auf Elses Sofa bequem gemacht haben.

Die beiden gucken mich an, als hätte ich sie absichtlich erschreckt, hätte ihnen laut BUH ins Gesicht gerufen.

»Äääh ... ja«, setzt Jens an und verstummt gleich wieder, als weigerte er sich, zu antworten.

Er wechselt einen Blick mit Halvor, der so blass ist, als hätte er viel zu viel Blut verloren. So bleich habe ich ihn noch nie gesehen, nicht, dass er noch ohnmächtig wird. Er blinzelt hektisch.

Ein Ziehen in der Brust. Ist es wirklich so schlimm? So schlimm, dass sie nicht mal drüber reden wollen?

»Nicht so gut«, spricht Halvor schließlich aus, was sein Körper längst gesagt hat. Dann verstummt er wieder.

Else rückt näher an ihn ran und streicht ihm über den Rücken.

Nun kann er seine Tränen nicht länger zurückhalten. »Beschissener Scheißkrebs. Was sollen wir nur ohne Are machen?«

Ich begreife kaum, was er da sagt. Seine Worte tun weh. So verdammt weh.

»Jetzt reicht es aber!«, sagt Else auf einmal. »Das wird doch viel zu traurig. Was hilft es Are, wenn wir hier rumsitzen und flennen? Was meint ihr, sollen wir ausgehen? Pizza essen vielleicht?«

Wir gehen zum *Martinas.* Dort gibt es gute Pizza und billiges Bier, das sie an so ziemlich jeden ausschenken. Jens und Halvor haben ihren halben Liter in Sekundenschnelle geleert. Sie stürzen das Bier nur so runter.

»Habt ihr das in der Stadt gelernt?«, fragt Else mit skeptisch hochgezogenen Augenbrauen.

Die zwei knallen die Gläser gleichzeitig auf die Tischplatte.

»Hast du unsere Trinkkünste wirklich schon vergessen?« Halvor wirft Else einen gespielt entsetzten Blick zu, Jens ist schon aufgestanden, um Nachschub zu holen.

Die beiden brauchen das Bier heute, das ist nicht zu übersehen. Mir selbst geht es auch so, der Rausch rettet mich. Er dämpft, hält alles auf Abstand. Und wie schön es ist, mit Jens und Halvor unterwegs zu sein. Es ist wie früher, und zugleich auch nicht. Eine Ahnung von Stadt liegt über ihnen, von dem Leben, das sie dort ohne uns führen.

Es kann noch nicht später als halb sieben sein, und wir sind schon ziemlich angetrunken.

»Eines Tages werden wir sterben, aber an allen anderen Tagen leben wir!«, ruft Else laut und hebt ihr Glas.

Ein paar Leute gucken irritiert zu uns rüber. Wir stoßen an, dass das Bier schäumt und schwappt, auf Are, und mir ist klar, das hier könnte leicht in einem Tränenbad enden. In einer Heulerei, wie sie die Welt noch nicht gesehen hat. Aber bis dahin halten wir aus, halten zusammen, machen weiter.

»Ihr fahrt heute jedenfalls nicht mehr nach Åsnes«, sagt Else und schmiegt sich mit verführerischem Blick an Jens.

»Schon klar«, erwidert er und schaut ihr in die Augen.

Halvor und ich wechseln einen Blick, kichern. Immer noch das alte Spiel. Jetzt dauert es nicht mehr lange, bis die Knutscherei losgeht.

Plötzlich guckt Else zur Tür und strahlt, sie streckt den Arm in die Höhe, winkt. »Adil! Kristian!«

Der Name lässt mich zusammenfahren. Ich sitze mit dem Rücken zur Tür und drehe mich nicht gleich um. Aber ein Stoß fährt mir doch in den Körper. Es tut nicht weh, nicht so wie damals, als ich mit dem Dreirad gegen den Weidezaun gefahren bin, es ist sanfter. Doch mein Rücken bebt, weil Adil da ist, hinter mir. Ich spüre, dass er auf unseren Tisch zukommt. Vielleicht liegt es am Alkohol, er macht mich übersensibel.

»Wie cool! Kommt, setzt euch zu uns«, sagt Else, und sie können es ihr nicht abschlagen. Das geht einfach nicht.

»Tja, wir wollten uns eigentlich nur eine Pizza holen.« Adil zögert.

»Kommt schon! Das hier sind Jens und Halvor, unsere besten Freunde seit hundert Jahren.« Sie macht eine Geste in Richtung der beiden.

Endlich schaue ich zu Adil hoch.

»Hi, Mia, du bist ja auch hier!«

Ich bin beschwipst und entspannt, und es ist wunderbar, ausnahmsweise nicht vor seiner Nähe zurückzuschrecken. »Ja, ja. Ich bin da. Und du?«

Adil lacht. »Ja, ich bin auch da.«

Er fragt höflich am Nachbartisch, ob er sich einen Stuhl nehmen darf, und setzt sich neben mich. Unter dem Tisch kribbelt mein Oberschenkel, nah an seinem.

Halvor geht zum Tresen, um Bier für alle zu holen. Er richtet sich auf, reißt sich zusammen, um einigermaßen gerade zu laufen. Else ruft ihm hinterher.

»Gibt es einen bestimmten Anlass?«, fragt Adil.

»Nein, nein«, antworte ich kurz, während ein Vogel mit messerscharfem Schnabel in meinem Herzen steht und abwechselnd mit den Flügeln flattert und zuhackt.

»Das mit den Hauptrollen ist so cool. Ich freu mich schon darauf, mit dir zu singen.« Seine Stimme ist warm. Aufrichtig. Er freut sich darauf, mit mir zu singen!

Keine Ahnung, woher ich den Mut nehme. Oder ich weiß es doch. Vom Bier. Jedenfalls lehne ich mich zu ihm rüber, ganz nah an sein Ohr, und singe leise: *»Why do we need to put love into words?«*

Er kneift die Augen zusammen. »Hey! Das ist mein Text!«

Ich grinse, er hebt sein Glas und stößt es gegen meins.

Der restliche Abend versinkt im Nebel. Ein Schleier über allem. Nichts als Adils Stimme, den ganzen Abend so nah. Was weiß ich, was die anderen treiben, es kümmert mich nicht. Da ist nur Adil. Der nah bei mir sitzt, zwischendurch die Hand auf meinen Arm legt, kluge, schöne, interessante Dinge sagt, der irgendwann seine Hand auf meine legt, als wir darüber diskutieren, wie lange Finger ein guter Pianist haben muss. Sein Zeigefinger, der eine Weile auf dem Ring von Are ruht. Ich habe was zu dem Ring gesagt, oder auch nicht.

Auf dem Weg zurück, wir vier. Else, ich, Jens und Halvor.

Ich gehe Arm in Arm mit Halvor, während Else und Jens miteinander beschäftigt sind.

»Was läuft eigentlich zwischen dir und diesem Adil?«, fragt Halvor.

»Hä?«

»Ich seh doch, dass da was ist. Du warst völlig hin und weg.«

Von einem Moment auf den anderen bin ich nüchtern. Ist es so offensichtlich? Haben es alle gesehen? Mir gefällt der Gedanke nicht, dass Halvor davon weiß.

»Nee.«

»Oh doch!«

Eine Weile gehen wir schweigend weiter. Ich spüre, dass Halvor über etwas nachdenkt, dass er noch etwas sagen will. Spüre, wie sich sein Körper leicht anspannt.

»Weiß Are davon?«, fragt er.

Mein Herz zieht sich zusammen, er hätte es auch gleich zerquetschen können.

»Wovon?«, frage ich.

»Dass du in einen anderen verknallt bist, Mann!«

Auf einmal ist da Wut in seiner Stimme. Ich lasse seinen Arm los. Bleibe stehen. Spüre, wie alles, was ich den Abend weggeschoben habe, hochkocht, über den Rand schwappt, sich ausbreitet. Halvor merkt sofort, dass er das Fass zum Überlaufen gebracht hat. Er greift nach meinem Arm, ich reiße ihn brüsk zurück.

»Mia, es tut mir leid. Sorry, echt. Ich hab's nicht so gemeint. Ich hätte das nicht sagen dürfen.«

Meine Augen fallen zu. Ich bin viel zu betrunken, um das hier in seiner Gänze zu begreifen. In meinem Kopf dreht sich alles. Ich spüre Halvors Hand, die mich weiterführt.

DASS ICH SO EINE GROẞE ROLLE im Musical bekommen habe, überrascht mich immer noch. Vor allem, nachdem ich Magnus kurz vor den Weihnachtsferien von Are erzählt habe und dass es mir gerade schwerfällt, mich zu konzentrieren. Trotzdem habe ich die Rolle gekriegt. Will er mir damit helfen? Damit ich etwas habe, das mich ablenkt? Falls es das ist, geht der Plan auf. Ich habe Angst, zu versagen, aber gleichzeitig will ich es unbedingt schaffen.

»Ich denke, wir machen es bei diesem Lied anders«, sagt Magnus, »statt dass ihr alle drei singt, machen wir ein Duett zwischen Anatoly-Adil und Svetlana-Mia draus.«

Else zieht die Stirn in Falten und starrt ihn an. Ihre Enttäuschung ist nicht zu übersehen.

»Das hat nichts mit dir zu tun, Else. Außerdem hast du schon sehr viele Solonummern. Aber zwischen Mia und Adil passiert etwas, wenn sie singen. Die Luft brennt! Das sollten wir ausnutzen.« Magnus grinst uns zu, und sofort werde ich rot.

Ich spähe zu Adil rüber, der mir mit einem verschmitzten Lächeln mitten ins Gesicht schaut. Ich sterbe. Ernsthaft. Wenn selbst unser Lehrer sagt, dass zwischen uns die Luft brennt.

»Einverstanden«, sagt Else mit dem gleichen neckenden Grinsen wie Magnus. »Mia und Adil sind toll zusammen.«

Sie sucht meinen Blick, zwinkert mir zu. Im Augenwinkel sehe ich Adils Lächeln. Shit. Wo bleibt das Loch im Boden? Ich brauche es jetzt sofort.

»Sollen wir es mal ausprobieren? Du hast dann zwar etwas mehr Text, Mia, aber ich denke, das schaffst du locker. Es ist ja nicht zu übersehen, dass du superschnell Text lernst. Sehr praktisch für einen Musicalstar!«

»Danke«, bringe ich hervor, mein Herz ist völlig weichgeklopft. Das ist alles ein bisschen zu viel.

Magnus setzt sich wieder ans Klavier, legt beide Hände an die Stirn und streicht sich die Haare zurück. »Wir fangen noch mal von vorn an, okay?«

Ich konzentriere mich auf mein Notenblatt, hebe dann die Augen und schaue zu Adil. Unsere Blicke halten einander. Mir wird schwindelig. Ich muss mich zusammennehmen, um nicht wegzuschauen.

Die Klaviertöne reißen uns mit, ziehen uns in die Musik.

Ich bin Svetlana, Adil ist Anatoly. Nicht vergessen. Wir sind es. Ich bin es.

ANATOLY:
Why do we need to put love into words?
Causing confusion
We protest, explain
Reassure, in vain
Come to no conclusion

SVETLANA:
I'd give the world to stay just as we are
It's better by far

Not to be too wise
Not to realize

ZUSAMMEN:
Where there's truth there will be lies.

SVETLANA:
You and I –

ZUSAMMEN:
We've seen it all
Chasing our hearts' desire
But we go on believing
Nothing can harm us
This is forever.

DAS KRANKENHAUS VON BRATTEBERG sieht aus wie ein riesiger brauner Kasten. In der Dämmerung schimmert das Licht aus den Fenstern golden. Die meisten Leute mögen keine Krankenhäuser. Aber für mich hatten sie bisher etwas Wohliges und Warmes. Wahrscheinlich, weil ich, wenn überhaupt, fast ausschließlich auf der Entbindungsstation war, um neugeborene Nichten und Neffen im Arm zu halten.

Die Entbindungsstation zu betreten, ist einfach nur schön, es liegt so eine Weichheit über den Fluren.

Doch Are liegt auf einer ganz anderen Station. Sozusagen dem Gegenteil der Entbindungsstation.

Als ich auf den Eingang zugehe, steigt auf einmal Übelkeit in mir auf. Bis jetzt habe ich Krankenhäuser mit dem Leben verbunden.

An der Anmeldung sage ich meinen Namen und wen ich besuchen möchte. Das Herz rast in meiner Brust, und ich wappne mich, es jetzt gleich zu erfahren: dass er leider auf die Isolierstation verlegt wurde. Oder dass es ihm plötzlich zu schlecht geht, um noch Besuch zu empfangen. Dass er tot ist. Die ganze Zeit über habe ich Angst vor dieser Nachricht. Die ganze Zeit. Doch stattdessen geht eine Krankenschwester lächelnd auf mich zu.

»Komm«, sagt sie, »ich nehme dich mit, ich wollte eh gerade bei ihm nach dem Rechten schauen.«

Sie klopft fest an die schallisolierte Tür, es klingt dumpf und irgendwie komisch. Ich kann nicht hören, ob er etwas sagt.

Trotzdem öffnet sie. »Du hast Besuch!«

Ich stecke den Kopf ins Zimmer. »Buh!«, rufe ich albern und viel zu laut in den stickigen Raum.

Ich versuche zu lächeln. Doch die Brust schnürt sich mir bei Ares Anblick zusammen. In dem schneeweißen Krankenhausbett, in dem er beinahe verschwindet, erinnert er an ein Vogeljunges.

Sein Gesicht ist gelblich, die Wangen leuchten rot. Dass er es ist, sehe ich an seinen Augen. Sein Blick trifft meinen. Aber wenn die Krankenschwester mich nicht hierhergeführt hätte, hätte ich mich wohl erschrocken zurückgezogen und dafür entschuldigt, das falsche Zimmer betreten zu haben.

Es ist nicht das falsche Zimmer. Und doch ist so vieles falsch. Dass er hier liegt. Sechzehn Jahre alt, und er liegt hier und verschwindet. Ich trete ans Bett, ziehe meine Jacke aus und setze mich auf einen Stuhl.

»Kann ich ... Darf ich ihn umarmen?«, frage ich die Schwester.

Sie wechselt gerade einen Infusionsbeutel, der an einem Gestell über dem Bett hängt. Are lacht und winkt mich mit einer dünnen Hand zu sich.

»Nur zu«, sagt die Schwester lächelnd.

Ich komme mir unbeholfen vor, als ich aufstehe und die letzten Schritte auf Are zugehe. Er wirkt, als würde ihn eine ordentliche Umarmung zerdrücken, aber zugleich so, als könnte er eine gebrauchen. Seine Hände auf meinem Rücken sind so kalt. Als hätte er nicht mehr genügend Blut im Körper, um die Hände warm zu halten. Seine Wange liegt kühl an meiner. Pieksige Bartstoppeln. Als ich die spüre, zucke ich unmerklich zurück. Seine Haare kommen wieder. Sie haben die Chemo eingestellt. Die Haare wachsen. Die Krebszellen auch.

Eigentlich müsste ich loslassen. Er auch. Aber wir halten uns noch ein wenig länger.

»Schön, dich zu sehen«, sagt er.

»Ich find's auch schön, dich zu sehen.«

Wir lösen uns aus der Umarmung, ich lasse mich zurück auf den Stuhl fallen. Die Krankenschwester fragt, ob sie ihm die Kissen zurechtrücken soll oder er sonst etwas braucht.

»Sehr gern«, erwidert er höflich, und sie hilft ihm mit dem einen Arm, sich aufzusetzen, während sie mit dem anderen die Kissen in seinen Rücken schiebt. Er lässt sich zurücksinken.

»Klingle einfach, wenn etwas ist«, sagt sie und geht.

Es wird still im Zimmer. Wir schauen uns an, beinahe verlegen. All die Dinge, die wir hätten sagen sollen.

»Kommst du direkt aus der Schule?«

»Ja. Sogar direkt aus der Geschichtsklausur. So eine bekloppte Idee, die in die letzte Stunde zu legen!«

Er lacht kurz. »So, wie ich dich kenne, ist es gut gelaufen.«

Ich antworte nicht, schnaube nur.

»Voll schön, dass sie dich nach Bratteberg verlegt haben. Dann kann ich dich jetzt jeden Tag besuchen«, sage ich.

»Hast du nichts Besseres zu tun?«

»Nee ...«

»Hast du bestimmt. Ich bin hier schließlich der, der nichts anderes tun kann, als wie ein Wrack herumzuliegen.«

Scham steigt in mir auf. »Übrigens, heute Abend will ich auf eine Party. Gleich hier in der Nähe.«

Ich habe es kaum ausgesprochen, da schneidet es mir schon ins Herz. Vielleicht hätte ich das nicht sagen sollen. Und warum habe ich ›übrigens‹ gesagt, als wäre es ein Triumph?

»Oder ... na ja, vielleicht gehe ich hin.«

Es ist doch verrückt, feiern zu gehen, während er hier liegt. Zwei Straßen entfernt.

»Gut. Trink ein paar Bier für mich mit!« Er zieht die nachsprießenden Augenbrauen zusammen und schaut mich fast streng an.

Als ob ich es auf keinen Fall wagen dürfte, nicht zu gehen, wo ich doch die Möglichkeit habe.

»Okay! Ich versprech's.«

Plötzlich muss er husten. Der Husten hält an. Ich stehe auf, ängstlich, verzweifelt, und schaue auf die rote Notfallschnur, aber Are streckt mir abwehrend die Hand entgegen. Er schließt die Augen und kommt zur Ruhe. Ich traue mich nicht, etwas zu sagen, sehe, dass er seine Kräfte sammelt.

Wie lange darf ich eigentlich bleiben?

»Bleib ruhig noch«, sagt er, als hätte er meine Gedanken gelesen. »Ich brauche nur zwischendurch ein bisschen Dunkelheit. Augenlider sind eine ziemlich geniale Erfindung, das kannst du mir glauben.«

»Klar!« Ich lache, zu laut in dem sterilen Zimmer. Das Echo klingt hart.

»Dabei würde ich sie am liebsten geöffnet lassen, um dich die ganze Zeit anzuschauen.«

Ich greife nach seiner Hand. Sie ist immer noch kalt. Langsam drückt er meine.

ELSE SCHLEIFT MICH MIT AUF DIE PARTY. Sie schnappt mich und zieht mich aus der Wohnung. So fühlt es sich jedenfalls an. Ich bin völlig fertig, habe mich gerade noch so vom Krankenhaus nach Hause geschleppt, mein Herz am Boden. Dann bin ich aufs Bett gefallen und wäre am liebsten liegen geblieben. Aber Else hat darauf bestanden, dass eine Party genau das ist, was ich jetzt brauche.

»Du bist ein Schatten deiner selbst, Mia! Entweder *du* kümmerst dich um dich oder ich übernehme das«, sagt sie, als wir die Straße hochstapfen, und drückt mir eine Dose Bier in die Hand. »Trink.«

»Nicht. Dann fange ich nur an zu heulen. Das weißt du doch.«

Else hält an, packt mich an den Schultern und schaut mir in die Augen. »Ich passe auf dich auf. Okay?«

»Okay.«

Sie umarmt mich kurz, dann setzen wir unseren Weg fort.

Da ist das Krankenhaus wieder, es ist erst ein paar Stunden her, seit ich Ares Zimmer verlassen habe. Als ich gegangen bin, hat er noch einmal wiederholt, dass ich ein Bier für ihn mittrinken soll. Also werde ich es tun, wenigstens das.

Ich hebe die Bierdose Richtung Krankenhaus. »Prost, Are.«

Else guckt mich an und lächelt traurig. »Wie war er heute drauf?«

Ich sehe vor mir, wie er im Bett lag, sein Gesicht im Profil vor den weichen, großen Krankenhauskissen. »Nicht so gut.«

»Ich hatte auch überlegt, ob ich ihn besuche. Aber das wäre vielleicht zu viel für ihn gewesen, keine Ahnung. Oder zu viel für mich. Puh.«

Sie lacht, verlegen und irgendwie entschuldigend. Wir schweigen. Es gibt nichts mehr zu sagen. Es ist so schwierig, über den Tod zu reden. Nicht mal mit Else geht das so richtig. Und auch nicht mit Are. Obwohl ich es tun sollte.

Still laufen wir am Krankenhaus vorbei. Ich starre zu Boden. Konzentriere mich auf einen weißen Streifen im Asphalt, wo der Schneepflug über den Asphalt geschrappt ist. Ich kann das schabende Geräusch fast hören, sehe die Funken, die sein Schild an einem Winterabend auf der Straße geschlagen hat.

»Adil kommt übrigens auch«, sagt Else und späht zu mir rüber. »Er hat gefragt, ob du da sein wirst. Ich hab Ja gesagt.«

Adil. Etwas in mir erbebt, wenn ich diesen Namen höre. Pocht. Aber eigentlich tut es vor allem weh.

»Scheiße.«

Else schaut mich verwundert an. »Scheiße?«

»Ja, scheiße. Guck mich doch an! Ein Wrack. Hast du doch gerade gesagt, ich bin ein Schatten meiner selbst. Er wird extrem beeindruckt von mir sein.«

»Hey, so hab ich das nicht gemeint! Weißt du, was? Ich glaube, er mag dich richtig, richtig gern. Ich weiß, dass er dich mag.«

Die Worte treffen mich wie ein Messer. Weil sie mich glücklich machen. Und das macht mich traurig.

Ares Hand, die meine hält. Ich kann diese Hand nicht loslassen.

»Hm.«

Else atmet tief ein und dann wieder aus.

Ich strecke die Hand nach ihrer aus. Hand in Hand gehen wir bergauf.

»Danke, dass du es mit mir aushältst.«

»Jederzeit, Süße.«

Die Party ist bei Lars und Even aus unserer Klasse. Sie wohnen zusammen und haben ein riesiges Wohnzimmer. Mein Zimmer ist bloß ein winziges Kellerkämmerchen dagegen, kein Platz zum Feiern. Und das ist voll okay. Ich mag es so und bin manchmal gern allein. Sitze an meinem Tisch und schreibe, lese etwas. Außerdem hab ich Else gleich nebenan. Bei Even und Lars dagegen ist ständig Party. Eigentlich nicht zu fassen, dass ihre Vermieter sie nicht längst rausgeschmissen haben, vermutlich sind ihre Eltern mit denen befreundet. Und die Vermieter werden gut bezahlt dafür, dass sie die Partys ertragen.

»Ist das ein Wahnsinnshaus!«, ruft Else.

Wir stehen draußen und Else redet mir gut zu.

»Weis Adil jetzt nicht ab, ja? Er ist ein feiner Kerl. Denk am besten gar nicht drüber nach, wie es weitergeht. Hab einfach einen schönen Abend.«

»Okay.«

»Vielleicht ist er genau das, was du gerade brauchst, verstehst du?«

»Okay.«

»Das wird super, ja?«

»Okay.«

Nachzudenken tut weh. Also denke ich nicht nach. Entschließe mich, Spaß zu haben. Alles andere ist mir heute einfach egal. Wir geben einander High Five und gehen rein.

Drinnen ist es zum Bersten voll, die halbe Schule ist da, mindestens. Aber ich sehe auch eine ganze Menge unbekannter Gesichter, die sind bestimmt von der Berufsschule im Nachbarort. Und viele aus unserer Klasse, fast alle. Bis auf die Superfleißigen. Schließlich ist morgen Schule. Doch daran scheint hier gerade niemand zu denken.

Ich entdecke ihn sofort. Adil sitzt im Wohnzimmer am Fenster, zusammen mit einer Reihe weiterer Zwölftklässler. Ein paar Mädchen aus seiner Klasse mit Hauptfach Gesang drängen sich um ihn. Und Gunn, na klar. Sie gibt einfach nicht auf, obwohl die zwei bestimmt nicht mehr zusammen sind. Wie sie sich an ihn ranschmeißt! Es muss supernervig sein, wenn ständig so ein Blutegel an einem hängt.

Das gelbe, leicht gedämpfte Straßenlicht fällt auf Adil, und seine dunklen Locken stehen wie ein Heiligenschein um seinen Kopf. Er hat mich nicht gesehen. Irgendetwas bringt ihn zum Lachen, und sein Lachen. Sein Lachen.

NATÜRLICH TRINKE ICH DOCH ZU VIEL. Es geht nicht anders. Ich will mich betäuben. Will die Gedanken an Are unterdrücken, seine Hand vergessen.

Aber Adil hat auch Hände. Und ich habe keine Ahnung, wie es passiert ist, aber plötzlich sind sie da, sie streicheln mich, versuchen nicht, mich festzuhalten. Wir stehen in der Küche, dicht beieinander, unterhalten uns über eine Band, die wir beide mögen. Innerlich bebe ich, als seine Hand von meinem Nacken bis ganz nach unten zum Po streicht.

»Sollen wir runtergehen? Hier ist es so voll.«

Ich nicke. Meine Lippen kribbeln. Ich weiß, was passieren wird.

Auf der Treppe muss er mich stützen. Ich kichere.

»Fang mich!«, rufe ich von der drittletzten Stufe und werfe mich ihm entgegen.

»Mann, Mia!«

Er fängt mich, aber wir fallen, gehen krachend zu Boden. Ich über ihm, er unter mir.

»Sorry, ich bin vielleicht ein bisschen betrunken.« Ich lache, setze mich rittlings auf ihn.

»Ist schon okay, kein Problem.«

Ich beuge mich vor und küsse ihn. Mein Magen sackt eine Etage tiefer, als sich unsere Lippen finden. Ein Sog in mir, ein Schwarzes Loch, das alles mit sich zieht. Mir wird schwindelig. Adil setzt sich auf, lehnt sich mit dem Rücken gegen die

Wand, und ich tue es ihm nach. Er küsst so sanft. So zärtlich und feucht und sanft. Ich spüre die Tränen tief in mir, weit hinter den Gedanken, im Körper. Aber ich halte sie zurück, der Rausch braust durch mich hindurch, ich treibe mit Adil davon, und wir können nicht aufhören und sagen nichts, weil wir wissen, dass das hier heute Abend geschehen musste, und wir lassen es geschehen.

WIEDER SCHLEIFT ELSE MICH MIT. Diesmal nach Hause. Ich bin berauscht, nicht nur vom Alkohol. Ich vermisse Adil schon jetzt.

»Siehst du, Mia? Du bist betrunken, aber nicht mehr traurig. Du bist betrunken und verliebt!«, ruft Else lachend, während wir durch die Straßen torkeln.

»Ich habe euren Abschiedskuss gesehen. Geht doch!«

Ich kichere. »Halt die Klappe.«

Ich wedele mit der Hand in Richtung ihres Gesichts und bleibe dann abrupt stehen. Das Krankenhaus liegt vor uns.

Ich schaue hoch, versuche mich zu erinnern, welches Zimmer Ares ist. Wie war noch mal die Aussicht von da? Die Seite stimmt schon mal. Zweiter Stock. Da! Das muss es sein.

»Komm!« Ich ziehe Else hinter mir her, auf das große braune Gebäude zu.

»Was hast du vor? Hallo? Es ist nach zwei Uhr nachts!«

Ich krame das Handy aus der Innentasche, ich habe seit Stunden keinen Blick mehr darauf geworfen. Mein Gewissen schrumpft in sich zusammen. Drei Nachrichten von Are:

Na, wie ist die Party?

Hoffe, du kommst morgen wieder vorbei.

Und, vor nur zehn Minuten:

Träum was Schönes, Mia, meine Mia.

Ich antworte:

Ich steh draußen vor deinem Fenster!!!

Else weigert sich, mitzukommen, also gehe ich allein weiter und stelle mich unter Ares Fenster.

»Hallooooo!«, rufe ich.

Else zischt, bedeutet mir, leise zu sein, kommt aber doch zu mir rüber.

»Are!«

Jetzt hat sie mich erreicht und greift nach meinem Arm. »Ey, spinnst du? Er schläft doch längst. Lass ihn in Ruhe, kapierst du nicht, dass er im Sterben liegt?«

Ich fahre zusammen und schaue sie erschrocken an. Als würde ich das zum ersten Mal hören. Als wüsste ich es nicht.

Sie vergräbt den Kopf in den Händen und seufzt. »Ich meine ... Komm jetzt. Lass es, ja?«

Ein kleines Licht erscheint da oben. Eine Bewegung. Eine Gardine wird zur Seite geschoben.

Ich mache ein paar Schritte zurück. Dann erkenne ich seine Silhouette im Fenster. Er legt eine Handfläche an die Scheibe. Sein Gesicht scheint im Licht eines Handydisplays auf. In meiner Tasche vibriert es.

Ich krieg das Fenster nicht auf. War wohl
eine gute Party?

Ich winke und rufe, lächle zu ihm hoch. Else macht mit, aber nur zaghaft. Sie starrt ihn an wie eine Spukgestalt, als wäre er schon tot.

Ich tippe:

Schau gut hin. Der hier ist für dich.

Dann gehe ich zu einer Rasenfläche etwas weiter weg, auf der noch Schnee liegt. Eine dünne Schicht feuchter Schnee. Ich lasse mich fallen und mache einen Schneeengel. Es ist wunderbar, im Schnee zu liegen. Ich spüre, wie die Nässe in meine Kleidung zieht, aber es ist einfach nur gut. Als ob ich hier und jetzt einschlafen könnte. Im Boden verschwinden.

Ich habe keine Ahnung, wie lange ich so gelegen habe, bevor Else es schafft, mich hochzuziehen. Als ich aufstehe, sehe ich, dass der Engel grün ist vom Gras darunter. Dünn und schmächtig. Ich kichere, schaue hoch zu Are, ein Lächeln im Gesicht. Er ist nicht mehr da.

ES DAUERT EWIG, bis ich kapiere, was das für ein Geräusch ist. Dass es der Handywecker ist. Er hat den Weg in meinen Traum gefunden. Dort geht jemand durch eine Tür, immer wieder. So eine altmodische Ladentür mit Glocke.

Und ich stehe mit dem Rücken zur Tür und sage jedes Mal »Ja?«, wenn ich die Glocke höre.

Dann drehe ich mich um, und niemand ist da. Das wiederholt sich Mal für Mal. Als ich zu mir komme, dreht sich das Zimmer um mich. Es ist zwanzig vor neun am Donnerstag. Heute ist Schule.

Ich krabble mehr aus dem Bett und unter die Dusche, als dass ich gehe. Ich werde zu spät kommen, das ist längst klar. Trotzdem bleibe ich lange so stehen, die Arme um den Körper geschlungen. Die Wärme tut gut. Wellen von Übelkeit steigen in mir auf, aber ich schaffe es nicht, mich zu übergeben.

Ich sinke auf den Klodeckel und ziehe mich an. Noch mehr Fehlstunden sind keine gute Idee, oder? Und Mist, haben wir heute nicht Musical-Probe? Den Solopart und so? Wie hab ich's bloß geschafft, mich so volllaufen zu lassen?

Plötzlich sehne ich mich nach Mama und Papa. Wenn ich doch nur zu Hause wäre. In meinem Bett. Wenn ich dort wach werden würde, ihre Geräusche aus der Küche hörte. Und Balder. Sein weiches Fell. Ich könnte das Gesicht darin vergraben. Die Sehnsucht schmerzt im ganzen Körper. Plötzlich laufen die Tränen.

Morgen ist Freitag. Am Wochenende fahre ich heim, aber gerade fühlt sich das unendlich weit weg an. Ich will nur nach Hause. Jetzt sofort. Ich fühle mich so müde. So klein. Als hätte ich alles Wichtige aus dem Blick verloren. Die gleiche Angst wie damals, als ich vier Jahre alt war und Mamas Fahrrad hinterhergerannt bin, wenn sie ohne mich losfuhr.

Es klopft. »Wie geht's dir?«, fragt Else von draußen.

»Okay«, nuschele ich.

»Ich muss los, sonst komme ich zu spät. Denkst du dran, dass wir in der Dritten Musical-Probe haben? Das musst du schaffen. Bitte. Soll ich sagen, du bist krank?«

»Nein. Ich komme. Bald. Aber geh ruhig vor.«

Die Worte kommen nur abgehackt. Ich muss mich anstrengen, um sie herauszupressen.

»Dann bis später, gute Besserung!«

Ihre Schritte eilen davon, die Haustür fällt zu. Ich stehe auf und wische den Dunst vom Spiegel. Mein Gesicht kommt zum Vorschein. Blass, undeutlich. Als würde ich mich von weit weg beobachten. So fühle ich mich auch, weit weg. Nicht richtig hier.

Ich denke an gestern. Adil und ich im Flur, seine weichen Küsse. Dass ich ihn einfach geküsst habe. Gänsehaut schleicht sich auf meine Arme.

Dann denke ich an Are. Wie er am Krankenhausfenster stand und auf uns besoffene, grölende Trottel runtergeschaut hat, die wir uns völlig lächerlich gemacht haben. Sein Gesicht, bläulich und bleich im Schein des Displays. Er könnte ebenso gut im Gefängnis sitzen, mit einem fetten Schloss an der Tür. Er wird nie wieder rauskommen. Nie im Leben. Nicht lebendig.

AUF DEM WEG ZUR SCHULE schicke ich Mama eine Nachricht.

Ich freu mich aufs Wochenende zu Hause.

Sie antwortet sofort:

Wir freuen uns auch auf dich, mein Schatz.
Sollen wir morgen Abend Pizza machen?

Ich schicke ein Herz zurück und spüre, wie die Anspannung ein bisschen nachlässt. Morgen fahre ich nach Hause. Lasse alles zurück. Are im Krankenhaus, Adil in der Schule, überhaupt die Schule, die Kellerdunkelheit meines Zimmers, den ganzen verdammten Mist. Ich werde mit Mama und Papa Pizza essen, während Balder neben mir sitzt, eine Runde auf den Pferden meiner Tante ausreiten und danach in den Stall gehen. Zu den warmen, weichen Schafen. Die Hände in ihrem Fell vergraben.

DAS SCHULGEBÄUDE IST MENSCHENLEER. Alle sind im Unterricht. Ich habe keine Ahnung, wo ich gerade sein soll, also hoffe ich einfach darauf, dass ich vor der richtigen Tür stehe, und atme ein paarmal tief durch.

Die Magensäure steht immer noch zu weit oben im Hals. Ich lehne mich ans Waschbecken auf dem Flur. Dann reiße ich mich zusammen, klopfe zaghaft und öffne die Tür.

Bio bei Bjørholm. Es muss schon die letzte Stunde vor der Mittagspause sein. Verdammt. Ich habe die Solo-Probe verpasst. Nicht zu fassen. Kann Zeit einfach so verschwinden?

Bjørholm unterbricht mitten im Satz, und alle starren mich an. Even zieht die Augenbrauen hoch und pfeift leise. Jemand kichert.

»Na, so was. Noch ein Exemplar der Gattung *Folivora*, also des südamerikanischen Faultiers?«

»Entschuldigung«, murmele ich und setze mich.

»So viele Faultiere auf einem Fleck findet man selten, das Faultier ist eigentlich kein Rudeltier«, schiebt er hinterher.

Bjørholms Humor ist staubtrocken. Er schnalzt noch ein paarmal mit der Zunge, bevor er da weitermacht, wo er stehen geblieben war, als wäre nichts gewesen. Ich ziehe das Biobuch aus dem Rucksack und versuche rauszufinden, wo wir sind, doch bevor mir das gelingt, klingelt es schon zur Pause. Ist es echt schon so spät? Die anderen schieben sich an mir vorbei. Lars tippt mir in den Nacken.

»Du hast da was am Hals«, feixt er. »Wusstest wohl nicht, dass Adil ein Vampir ist?« Er beugt sich über mich, faucht und bleckt die Zähne.

»Idiot.«

Ich sinke auf eine der breiten Fensterbänke im Treppenhaus und lege die Stirn an das kühle Glas. Das hilft ein bisschen.

»Mia? Hier bist du!«

Selbstverständlich hat Else mich gesucht. Ich reagiere kaum. Hole nicht zu tief Luft, aus Angst, dass ich mich sonst doch noch übergebe. Ich fühle mich nicht mehr ganz so verkatert, mir ist nur übel. Und erschöpft bin ich, auf eine Art und Weise, die ich bisher noch nicht kannte.

»Ja, bin ich.«

Else setzt sich neben mich. »Soll ich dir einen Apfelsaft aus der Mensa holen?«

»Würdest du das tun?«, stoße ich heiser hervor.

Wir hängen im Treppenhaus rum. Else knabbert Karotten.

Ich konzentriere mich auf den schmalen Strohhalm, der im Saftpäckchen steckt, und erinnere mich daran, was Are vor einer Weile erzählt hat. Dass er, als es während der Chemo am schlimmsten war, nichts anderes zu sich nehmen konnte als Getränke durch einen Strohhalm.

Ich fühle mich wie die letzte Idiotin. Schließlich fehlt mir überhaupt nichts. Dass es mir geht, wie es mir geht, ist voll und ganz meine eigene Schuld.

»Adil ist in der Mensa, UND er hat nach dir gefragt.« Else zwinkert mir zu.

»Sorry, ich schaff's gerade nicht, mit ihm zu reden, nicht heute!«

Else hört auf zu kauen und richtet die Karotte energisch auf mich: »Ich wusste es! Ich WUSSTE, dass du einen Rückzieher machst!«

Sie schnaubt, wirkt wütend.

»Er ist so ein feiner Kerl«, murmelt sie sauer. »Er kann nichts dafür, Mia! Du hättest ihn vorhin bei der Solo-Probe sehen sollen, und vor allem *hören*, als er *Antheme* gesungen hat. Du wurdest übrigens vermisst. Ich musste mir eine bescheuerte Lüge einfallen lassen. Egal. Es war sooo schön! Alle hatten Gänsehaut. Ernsthaft, Mia, du kannst Adil nicht gleich wieder abservieren. Ich versteh ja, dass es dir wegen Are schlecht geht, aber das ist trotzdem kein Grund, Adil wegzustoßen. Und ich denke dabei vor allem an dich.«

Ich habe weder die Kraft, mich gegen ihre Standpauke zur Wehr zu setzen, noch, ihr zuzustimmen. Ich lausche nur dem Strom der Worte, der sich durch das Rauschen in meinen Ohren drängt. Dabei ärgere ich mich, dass Else so auf Adil fixiert ist. Vielleicht will sie doch was von ihm? Jedenfalls schaffe ich es heute nicht, irgendwas in Bezug auf ihn zu entscheiden. Nicht jetzt. Mein Hirn ist vollkommen leer. Krisenmodus.

Ich will nur, dass dieser Schultag zu Ende geht, und bereue längst, dass ich überhaupt aufgestanden bin. Warum bin ich eigentlich hergekommen? Dieser Tag ist ein einziger Mist.

Die Erleichterung ist enorm, als die letzte Stunde vorbei ist. Mein Körper ist so schwer.

Langsam trotte ich zurück zur Wohnung. Ich stelle mir vor, wie ich mich gleich aufs Bett fallen lasse, die Kopfhörer aufziehe und bis zum Abend schlafe. Dann Are besuche. Muss ich ja. Sollte ich. Weil ich morgen übers Wochenende nach

Hause fahre und nicht weiß, wie lange er noch hier im Krankenhaus sein wird. Wie lange er überhaupt noch sein wird.

Die Vorstellung, ihn nachher besuchen zu müssen, belastet mich. Erst muss ich mich ausruhen. Was soll ich ihm über die Party erzählen? Wird er mir ansehen, dass etwas passiert ist? Ich fasse mir an den Hals. Ich will nicht, dass er es erfährt. Will ihm nicht wehtun.

Ich setze mir die Kopfhörer auf. Drehe die Musik auf. Kurz fühle ich mich wie in einem Film. Nichts ist echt. Die Schneeglöckchen, die in den Gärten entlang der Straße ihre knubbeligen Knospen aus dem Boden recken, sind nicht echt. Die Berge, über denen die Sonne strahlt, sind nicht echt. Meine Beine, die Schritt um Schritt vorangehen, sind nicht echt. Und mich gibt es auch nicht. Jemand hat mich erfunden, mich in ein Filmskript geschrieben. Mich geträumt. Das alles ist nicht da. Die ganze Welt nicht.

Ich erschrecke mich furchtbar, als mich plötzlich jemand an der Schulter berührt, ich fahre herum, mein Herz rast.

»Fuck!«

Adil steht da, erschrocken, streckt mir die erhobenen Handflächen entgegen. »Nicht angreifen, ja?«

Er lacht, aber ich sehe in seinen Augen, wie unsicher er ist. Im scharfen Mittagslicht fühle ich mich nackt und schutzlos und überhaupt nicht wie ich selbst.

»Entschuldige. Ich war in Gedanken ...«

»Schon kapiert. Sollen wir zusammen weitergehen? Ich will in die Innenstadt. Kommst du mit?«

Ich werfe ihm ein halbherziges Lächeln zu. »Normalerweise gern, aber ich bin total fertig. Ich weiß gar nicht, wie ich es in die Schule geschafft hab. War ein bisschen viel gestern.«

»Hoffentlich nicht von allem?« Er lächelt mich an. Seine Augen strahlen.

»Keine Ahnung.«

Sein Lächeln erstirbt. Meine Brust wird eng. Warum sage ich nicht irgendwas Nettes, warum schiebe ich ihn sofort weg? Was gestern zwischen uns passiert ist, war nicht zu viel. Ich hätte so gern mehr davon. Mehr von ihm, alles von ihm, ich kann gar nicht genug bekommen.

Und trotzdem mache ich dicht, zeige ihm die kalte Schulter. Ich werde richtig wütend auf mich.

»Okay. Ich fand es jedenfalls schön«, sagt Adil.

»Ja, es war schön.«

»Aber?«

Wir bleiben stehen. Seine dunkelbraunen Augen schauen mich an. Seine Lider flattern hektisch. Am liebsten würde ich hier und jetzt zusammenbrechen. Oder gleich verschwinden. Die Erde soll sich unter mir auftun, mich verschlucken, schwarz.

»Da drüben wohne ich«, sage ich und zeige auf das gelbe Haus am Ende der Straße. »Im Souterrain. Du kannst ja mal vorbeikommen.«

Meine Stimme ist schwach. Es klingt überhaupt nicht so, als würde ich es ernst meinen. Adil guckt erstaunt. Ich kann sehen, wie er innerlich zumacht. Wie ihn meine Gleichgültigkeit verletzt. Ich tue ihm weh.

»Ja, klar«, sagt er kalt und geht.

Schneeregen setzt ein. Ein heftiger Schauer, der über uns hereinbricht. Ich schaue Adil nach. Er zieht die Kapuze über den Kopf und verschwindet hinter einer weißen Wand.

STEILES BRATTEBERG. Verfluchtes, steiles Bratteberg. Dieser verdammte Ort ist ein einziger Anstieg. Ich schleppe mich wieder zum Krankenhaus hoch.

In der Nacht hat es geschneit, vorhin geregnet, und nun ist der Bürgersteig glatt von Schneematsch, der sich unter den Schuhen festsetzt. Es ist sauanstrengend, vom Fleck zu kommen, eigentlich habe ich heute nicht die Kraft dazu.

Schließlich steht eine etwas andere Version von mir vor dem Krankenhaus als die, die gestern Nacht herumgegrölt und Schneeengel gemacht und sich überhaupt vollkommen idiotisch aufgeführt hat. Ich schäme mich. Mann. Wie blöd kann man eigentlich sein? Ich zittere, mir ist übel. So stehe ich eine ganze Weile rum und tue mir selbst leid, bevor mir aufgeht, wie bescheuert das ist, ausgerechnet hier. Und wie respektlos. Da drinnen liegt Are, er kann nirgendwo mehr hin. Alle wissen, dass der Tod auf ihn wartet.

So viel Hoffnung ist unterwegs verloren gegangen. So viele dünne Lichtstrahlen sind erloschen. Und jetzt stehe ich hier und zittere, immer noch verkatert. Verzweifelt, weil das Gespräch mit Adil so hoffnungslos war. Fühle mich müde und elend.

Ich armes kleines Mädchen. Oh, wie furchtbar ich dran bin. Ich atme tief durch. Am liebsten würde ich mir selbst eine Ohrfeige verpassen.

Die Tür gleitet auf und ich gehe rein. Im Eingangsbereich steht ein Automat mit Snacks und Getränken, ich steuere darauf zu und kaufe mir eine Cola. Lasse mich auf den Stuhl daneben sinken. Ich brauche nur noch ein bisschen Zeit. So sitze ich da und drehe den Ring, den Are mir zu Weihnachten geschenkt hat. Das Metall reibt auf der Haut, es wird warm.

In meiner Tasche vibriert es.

Geht's dir besser? Ich hoffe, dass du noch vorbeikommst.

Die große Uhr an der gegenüberliegenden Wand zeigt zehn nach sechs. Verdammt. Ist die Besuchszeit womöglich schon vorbei? Ob's mir besser geht? Oh Are. Ich könnte heulen und stürze den Rest der Cola in einem runter, dass die Kohlensäure in der Nase brennt und die Tränen vertreibt.

Im Flur treffe ich dieselbe Krankenschwester wie beim letzten Mal. Diesmal wirkt sie anders, mustert mich ernst. Ich habe den Eindruck, sie wollte etwas Tröstliches sagen, aber sie tut es nicht.

»Schön, dass du gekommen bist«, meint sie nur. »Du weißt noch, wo sein Zimmer ist?«

Ich nicke, gehe weiter, klopfe. Es ist nicht Ares Stimme, die mich hereinbittet, zaghaft öffne ich die Tür. Als ich sehe, dass seine Eltern am Bett stehen, kriege ich beinahe Panik. Sie schauen mich an und scheinen doch gar nicht richtig mitzubekommen, dass da noch jemand anders im Raum ist. Als wären ihre Gedanken zu langsam, nicht richtig zu gebrauchen. Eine Trägheit hat sich in ihnen breitgemacht, in ihren Augen, ihren Körpern.

»Hallo, Mia«, sagen sie dann und lächeln mir aufmunternd zu.

»Hallo«, erwidere ich. »Entschuldigung, ich wusste nicht, dass ihr hier seid.«

Dann gucke ich endlich zu Are. Seine Augen sind teilnahmslos von den Schmerzmitteln. Die Lider aufgedunsen, schwer. Die Wangenknochen stechen hervor, rot glänzende Wangen in einem totenblassen Gesicht.

Und trotzdem ein Lächeln. Trotzdem dieses Lächeln.

»Aber *wir* wussten, dass du kommst. Wir wollten eh gerade einen Kaffee trinken. Dann habt ihr ein bisschen Zeit zu zweit.«

Ich bringe nichts heraus, nicke nur dankbar. Dass Ares Eltern hier sind, ist unerträglich. Seine Mutter streicht ihm über die Wange, über den Kopf. Kleine schwarze Stoppeln, die jetzt wieder überall sprießen.

»Wir kommen bald wieder. Bis gleich«, sagt sie.

Bis gleich, gleich, gleich, klingt es in mir nach. Das Echo fährt durch mich hindurch. Auf einmal verstehe ich: Er ist ihr Kind. Eine schlimme Sekunde lang sehe ich mich selbst in diesem Bett, an Ares Stelle, während Papa und Mama um mich herumstehen und untröstlich sind.

Am liebsten würde ich Ares Eltern umarmen. Sie halten. Ihnen etwas schenken. Ein Gedicht, einen Song, ein Wort, eine Blume. Irgendetwas. Ganz egal, was, Hauptsache, es ist schön.

»Setz dich ruhig auf die Bettkante«, sagt sein Vater, »dann muss Are sich mit dem Reden nicht so anstrengen.«

Ich nicke und gehorche, brav und still.

Sie gehen. Are greift nach meiner Hand. Eine unbeholfene, kleine Bewegung aus dem Handgelenk. Wie kann es ihm innerhalb von einem Tag so viel schlechter gehen? Dann sitzen wir da, in der Stille. Nur das rhythmische Pochen seiner Herzschläge auf dem Gerät ist zu hören.

»Ist es okay, wenn wir nicht so viel reden?«, flüstert Are heiser.

Ich nicke. Dann lasse ich mich vorsichtig auf seine Brust sinken. Er legt die Hand auf meinen Kopf. Wir schweigen. Nach einer Weile merke ich, dass er eingeschlafen ist.

Ich starre auf die grüne Kurve, die sein Herz überwacht.

Winzige grüne Punkte. Ein großer, roter Muskel.

Du bist so viel mehr als diese Schläge.

SPÄT, SPÄT ABENDS SCHREIBT JENS. Im Halbschlaf blinzle ich aufs Handy. Schrecke dann hoch und traue mich kaum, die Nachricht zu öffnen. Eine unbändige Angst überfällt mich.

Hallo, Mia. Are geht es sehr schlecht. Nur seine Familie darf noch zu ihm.

Mein Atem geht kurz und schnell. Da ist ein Gedanke, der unaufhörlich in mir kreist, aber ich will ihn nicht zulassen, will ihn nicht denken. Dass es das letzte Mal war.

Oh Jens. Was sollen wir nur tun?

Ich schicke ein gebrochenes Herz mit.

Nichts, wir können nichts tun.

Er schickt ebenfalls ein gebrochenes Herz.

Wir sind zwei zerschmetterte Herzen.

DIE FÄHRE SCHLIEẞT IHR MAUL und legt mit mir an Bord ab. Ich sitze unter Deck und beobachte, wie wir auf den Fjord hinausgleiten, Bratteberg weit hinter uns lassen.

Mein Blick findet das Krankenhaus oben am Hang. Are. Ich weiß, dass das gestern ein Abschied war.

Die Nachricht von Jens ist mir den ganzen Schultag über durch den Kopf gespukt, und vor der letzten Stunde bin ich einfach abgehauen. Habe mir meinen Rucksack und die Reisetasche geschnappt und bin gegangen. Bin am Kai auf und ab gelaufen und habe auf die Fähre gewartet. Das Meer glitzerte. Glitzerte unablässig. Meine Augen brannten.

Vigdis und Else stürmen gut gelaunt in den Raum. Sie lassen sich neben mich fallen, die Taschen auch.

»Oh Mann, das war knapp!«

Sie lachen, die Gesichter vom Laufen gerötet.

»Wann bist du eigentlich losgegangen? Hast du die letzte Stunde geschwänzt?«

»Jepp.«

Else zieht die Augenbrauen hoch. »Das werden aber langsam ganz schön viele Fehlstunden. Meinst du nicht, du müsstest mal mit einem der Lehrer sprechen?«

»Magnus weiß Bescheid.«

Ich starre auf meine Hände. Schließe Daumen und Zeigefinger um den Ring und drehe ihn. Die Haut darunter ist gereizt. In letzter Zeit habe ich mir angewöhnt, ständig mit dem Ring herumzuspielen.

Vigdis schält sich aus Jacke und Schal, der Schweiß steht ihr immer noch auf der Stirn. Ihre runden Wangen sind beinahe lila. »Willst du am Wochenende auf irgendeine Party?«

Ich antworte nicht gleich. Ich will einfach nur Zeit zu Hause verbringen, mit Mama und Papa.

»Vielleicht«, sage ich schließlich, dabei weiß ich, dass es höchst unwahrscheinlich ist.

Else mustert mich. Sie hat bemerkt, dass irgendwas ganz und gar nicht in Ordnung ist. Und natürlich weiß sie, dass es was mit Are zu tun hat, aber sie fragt nicht. Vielleicht erträgt sie es nicht. Vielleicht will sie auch nur nicht drüber sprechen, wenn Vigdis dabei ist. Vielleicht ahnt sie, dass ich kurz davor bin zusammenzubrechen. Wenn sie was von Are sagt, ist es vorbei. Jedenfalls lässt sie es. Und ich lasse es auch. Rede nicht viel. Sitze einfach nur da, den Kopf ans Fenster gelehnt. Die Scheibe vibriert, die Bewegung überträgt sich in meinen Kopf, in meinen Körper, bis ich zittere.

Als sich die Gangway öffnet, ist Papas Auto das Erste, was ich sehe. Der Anblick lässt mich schlucken. Ich winke Else und Vigdis und laufe zum Auto, renne fast, reiße die hintere Tür auf und werfe meine Tasche auf den Rücksitz. Dann setze ich mich auf den Beifahrersitz und falle in Papas wunderbare Umarmung. Ich will jetzt nicht weinen. Ich will auch nicht von Bratteberg berichten.

Papa fragt nicht. Den kompletten Heimweg über erzählt er, was auf dem Hof passiert ist, seit ich das letzte Mal zu Hause war. Dass die Schafe bald lammen, welche von ihnen besonders dick sind und sicher Drillinge werfen. Wie sehr Balder und die Pferde mich vermisst haben, dass sie seit meinem letzten Besuch nicht viele Ausritte bekommen haben. Ob ich am Wochenende nicht in die Berge reiten will? Die Wettervorhersage ist super, und der Frühling steht in den Startlöchern. Morgens und abends singt die Amsel, und auch der Buchfink ist schon wieder da. Papas tiefe, sonore Stimme macht mich ganz ruhig. Ich atme aus. Als hätte ich tage-, wochenlang die Luft angehalten.

WIE ÜBLICH KNARRT DIE STALLTÜR, als ich sie aufstoße. Die Schafe erheben sich schwerfällig, kommen ans Gitter, blicken mich aus ihren goldenen Augen an und strecken mir die Hälse entgegen. Einem nach dem anderen kraule ich die Brust, streichle über ihre runden Köpfe. Ich lehne mich an sie und flüstere mit ihnen. So, wie ich das schon als kleines Mädchen getan habe.

Wenn man in die dicke Wolle flüstert, ist die Stimme kaum zu hören. Geheimnisse setzen sich dort in der Wärme fest. Sie liegen wie kleine Vogeleier in einem weichen Nest.

Ich umarme die alte Bella. Sie ist jetzt zehn Jahre alt. Auch sie wird bald sterben. Ihre Zeit ist vorbei. Kaum ein Schaf wird so alt, sie hatte ein gutes, langes Leben.

Was Are wohl über sein Leben denkt? Über sein kurzes Leben, das doch länger ist als das vieler anderer Geschöpfe auf der Erde.

Über so vieles habe ich nicht mit ihm gesprochen. So vieles habe ich ihn nicht gefragt, obwohl wir so gute Freunde sind. Warum nur? Nun ist es vielleicht zu spät. Nein. Es *ist* zu spät. Das war gestern unübersehbar.

Ich bin gegangen, während er schlief. Habe mich von ihm losgemacht und mich rausgeschlichen. Dabei ist er es, der gehen wird. Sein schlafendes Gesicht, sein Atem, fast schon nicht mehr da. Ich spüre noch immer seine Hand auf meinem Kopf. Als wollte er mich trösten, wortlos. *Er* hat *mich* getröstet.

Die vielen Dinge, die ich nicht gesagt habe. Die vielen Dinge, die ich nicht getan habe. Sie winden sich in meinem Bauch.

Wissen Schafe, was Zeit ist? Spüren sie, dass sie alt werden? Bella schaut mir tief in die Augen. Sie kann nicht so gut sehen wie ich, sieht die Farben vielleicht anders, aber sie erkennt mich wieder.

Ich wünschte, Are hätte einen Hund oder eine Katze bei sich im Krankenhaus. Ein weiches Tier, das sich auf seiner Decke zusammenrollt, ihn wärmt, ihn liebt. Ich habe es nicht geschafft, Are so zu lieben, wie er es sich gewünscht hat.

Der Geruch der Wolle beruhigt mich. Wie damals, als ich klein war und in der Heuraufe einschlief, während ich auf die Lämmer wartete. Ich lasse los und weine in die weiche Wolle.

ELSES NACHRICHT weckt mich:

Guck mal raus, das Wetter! Einfach perfekt!
Wollen wir zur Alm hochreiten?

Ich muss lächeln und lege das Handy auf den Nachttisch. Wie wunderbar es sein wird, die Pferde zu satteln und wieder zu reiten. Der letzte Ausritt fühlt sich unendlich lang her an. Kurz habe ich ein schlechtes Gewissen den Pferden gegenüber, wir haben sie wirklich vernachlässigt.

Das klingt nach einem verdammt guten Plan.

Ich ziehe die Vorhänge auf, Licht flutet das Zimmer. Die Sonne scheint, und zwar genau in mein Gesicht. Ich blinzele, kneife die Augen zusammen. Balder liegt immer noch an meinem Fußende. Eine weiche Schwere. Er schläft nicht, sondern passt mit liebevollem Blick auf mich auf. Als ich zu ihm rüberschaue, fängt er langsam an zu wedeln. Sein Schwanz schlägt mit dumpfen, schnellen Schlägen auf die Bettdecke.

»Nanu, liegst du hier und passt auf mich auf?«, frage ich und strecke mich nach ihm.

Seine warme Nase stupst in meine Handfläche. Ich streiche ihm übers Fell, ein Gefühl, als wäre man halb verdurstet vor Hitze und tränke dann ein Glas eiskaltes Wasser. Balders weiches Fell stillt etwas in mir.

Ich höre Mama in der Küche hantieren, gedämpft, vertraut. Wie ein Windspiel, so eins, das man in einen Baum hängt und das sanfte Töne von sich gibt, wenn der Wind hineinfährt. Töne, zu denen man am liebsten die Augen schließen und sich ausruhen will. Vor meinem Fenster höre ich Papas Schritte im Kies. Seine langen, ruhigen Schritte zwischen Haus und Scheune. Auch sie klingen in mir nach. Eine Melodie, die alles Schlechte verjagt.

Ich fühle mich wie ein Kind. Ein wunderbares Gefühl. Bis jetzt habe ich mich noch nie in diese Zeit zurückversetzt, meine Kindheit noch nie betrachtet. Alles, was ich damals hatte, all das Gute. *So* lange ist es eigentlich gar nicht her, dass ich zehn Jahre alt war. Trotzdem erscheint es mir wie ein merkwürdig großer Sprung.

Die Sache mit der Zeit. Ich würde sie so gern besser verstehen. Die Zeit, die wir hier auf der Erde haben. Im selben Moment trifft mich der Gedanke: Wird Are heute sterben? Ich kneife die Augen zu, während ich Balder hastig weiterstreichle.

Mamas Schritte im Flur kommen näher. Ruhiges Klopfen an der Tür, bevor sie sich langsam öffnet. »Bist du wach, mein Schatz?«

Ich lächle zur Antwort.

»Frühstück ist fertig. Frische Brötchen, Lachs und eine Tasse Tee, was meinst du?«

Ihre Stimme ist so voller Wärme, voller Fürsorglichkeit, ich muss mich zusammenreißen, um nicht den verdammten Tränen nachzugeben, die ständig irgendwo im Hintergrund lauern. Ich nicke. Obwohl ich wirklich keinen Appetit habe. Ich will nur mit Mama in der Küche sitzen. Leises Radiogemurmel im Hintergrund, in einer alten *Micky Maus* blättern.

»Ich komme.«

Ich schaffe zwei Tassen Tee, bevor Else angestrampelt kommt. Ich beobachte sie durchs Fenster. Sie biegt auf den Hof, parkt das Fahrrad, zieht den Helm ab und wechselt ein paar Worte mit Papa, der irgendwas in der Garage repariert.

»Das ist ja toll, dass ihr in die Berge wollt. Wohin genau soll's denn gehen?«, fragt Mama, als ich mir Stiefel und Jacke anziehe.

»Weiß noch nicht. Wobei, wahrscheinlich zur Alm hoch.«

DIE PFERDE BEGRÜßEN UNS WIEHERND. Sie werfen die Köpfe zurück und zeigen deutlich, dass sie sich freuen, uns zu sehen. Ich sauge ihren warmen, starken Geruch auf.

»Hallo, Jungs!«, sagt Else und streicht ihnen über die Nüstern.

Ich lege einen Arm auf Vindfalars Rücken und lehne mich schwer gegen ihn. Ein starker, großer Körper, verlässlich.

Wir reiten auf dem Kiesweg bergauf. Ein bisschen Schnee liegt noch immer, nass und schwer, aber die Pferde sind voller aufgestauter Energie und drängen vorwärts, bleiben dicht beieinander. Wir reden kaum, es ist schön, zu schweigen und auf den gleichmäßigen Atem der Tiere zu horchen, den Vogelgesang, das rhythmische Klappern der trabenden Hufe. Ich schwinge auf dem Pferderücken mit, richte mich auf. Beim Reiten habe ich mich schon immer gut gefühlt. Stark. Sicher.

Als wir über den Berg geritten sind, breitet sich vor uns die Almwiese aus. Balder ist vorausgelaufen, er schnüffelt an den Mauern der kleinen Hütten. Unter dem alten Schnee spitzt grün die Wiese hervor. Wir reiten auf den Platz, steigen ab und nehmen den Pferden die Trensen ab, sodass sie umherwandern und das bisschen Grün fressen können, das schon da ist. Solange es zumindest eine Ahnung von Gras gibt, laufen sie nicht weg. Dann lehnen wir uns an eine sonnige Mauer, nehmen die Reithelme ab und holen unsere Trinkflaschen hervor. Überall glitzert es. Völlig wahnsinnig glitzert es.

»Verdammt, das war echt eine gute Idee.« Seufzend schließe ich die Augen.

Die Sonne brennt auf meine Lider, malt ein rotes Licht in meinen Kopf.

»Überleg mal, wie oft wir schon hier hochgeritten sind. Vindfalar und Tindur würden den Weg blind finden. Wie hübsch die beiden sind. Boah, hab ich das vermisst, Mia!« Else fasst mich an den Schultern und dreht mich zu sich. »Erinnerst du dich noch an unsere allererste Tour hier rauf, das erste Mal, als wir ganz allein reiten durften?«

»Klar, so was vergisst man doch nicht! Ja, und dann sind die Pferde abgehauen, und wir mussten die Sättel nach Hause tragen. Es war superheiß und sauschwer.«

»Da können wir höchstens zehn gewesen sein.«

»Ist das nicht komisch, wie lang her sich das anfühlt?«, frage ich und schiele zu Else rüber.

Sie überlegt. »Hm. Joa. Wirklich komisch.«

Die Pferde trotten zu uns rüber, untersuchen unsere Rucksäcke mit den Mäulern. Als wir sie vertreiben, zerzausen sie uns stattdessen die Haare. Ein Liebesbeweis.

»Ich freu mich jedenfalls total aufs Musical. Auch wenn es noch ganz schön heftig wird, alles einzustudieren.« Else seufzt zufrieden. »Krass, dass das mit der Rolle geklappt hat! Und auch mit deiner Hauptrolle, Wahnsinn. Und dann noch das Duett mit Adil. Mega!«

In meinem Bauch bewegt sich etwas. Wie eine kleine Welle, die durch mich hindurchschwappt. Ich komme einfach nicht damit klar, dass Adil und ich zusammen auf der Bühne stehen und singen werden. Warum habe ich nicht um eine andere Rolle gebeten? Das geht doch nicht. Nicht so, wie es gerade zwischen uns ist. In der Probe am Freitag war es total komisch. Aber jetzt ist es viel zu spät. Die Premiere kommt in riesigen Schritten auf uns zu.

Plötzlich greift Else nach meinen Händen und schaut mir tief in die Augen. Dann schmettert sie los: *»Wasn't it good?«*

Ich brauche eine halbe Sekunde, dann steige ich ein: *»Oh, so good!«*

»Wasn't it fine?«

»Oh, so fine!«

»Isn't it madness – he can't be mine?«

Wir singen den Refrain zweistimmig, so laut, dass unsere Stimmen zwischen den Bergwänden über die Alm schallen. Bestimmt kann man uns kilometerweit hören. Es ist großartig, so loszuschmettern. Den Bergen die Stimme entgegenzuwerfen, die Worte beinahe hinauszuschreien.

Ich kann nicht anders, als Adil vor mir zu sehen. Wie wir zusammen auf der Bühne stehen, singen, spielen, nah beieinander, miteinander. Etwas droht meine Brust zu sprengen, ein Gefühl, das ich nicht richtig zu fassen bekomme. Ein bisschen schmerzhaft und gleichzeitig so unglaublich schön.

»But in the end he needs a little bit more than me. More security.«

Der Wind reißt an unseren Haaren, wir singen, dass es nur so dröhnt, dass die Pferde wiehern und einen Galopp zwischen den kleinen Steinhütten einlegen und der Schnee nur so spritzt. Das Lied rollt über die Berge, es ist Frühling.

DAS WOCHENENDE ZU HAUSE hat so gutgetan, ich will nicht zurück. Ich habe nichts mehr von Are gehört. Vermutlich bedeutet das, dass die Situation unverändert ist. Ich hatte überlegt, seinem Vater zu schreiben, habe es aber gelassen. Auch Jens oder Halvor hätte ich beinahe geschrieben, aber ich habe es nicht getan. In mir ist es still. Wie ein zugefrorener See im Winter. Erstarrt, unbeweglich.

Das ganze Wochenende über habe ich mich einlullen lassen, von Mamas und Papas Liebe und der der Tiere. Ich habe getan, als wäre nichts. Als gäbe es nichts außer uns, wir sind weit von allem entfernt, weit weg von der Welt, die anderen müssen ohne uns klarkommen. Und ich kann nichts tun. Ich kann nichts tun. Are stirbt, ohne dass ich ihm helfen kann. Niemand kann ihm helfen.

Dem Tod muss er allein begegnen.

Ich schiebe den Schlüssel ins Schloss unserer Wohnung, schließe auf und trete ins Kellerdunkel. Es riecht ein bisschen muffig. Eine Assel flitzt an der Wand entlang und verschwindet unter der Holzverkleidung.

In unsere Zimmer kommt nur wenig Tageslicht. Die Fenster sind hoch oben an der Wand. Trotzdem spüre ich jetzt, als ich mein Zimmer betrete, dass es draußen heller wird. Der Winter hat seinen Griff gelockert, der Frühling ist in mir eingezogen. Überall schmilzt und tropft es, und in mir ist so eine Unruhe.

Ich werfe die Tasche in eine Ecke, lasse mich aufs Bett fallen, liege ausgestreckt da wie ein Seestern.

Plötzlich sehe ich Adils Gesicht vor mir: die dunklen Locken und sein breites Lächeln. Wie sanft seine Küsse waren. Viel zu sanft für mein hartes, schwarzes Gewissen.

Ich setze mich auf. Schaue zum Fenster. Draußen singen die Meisen ihr Frühlingslied. Es ist Abend, aber immer noch hell. Soll ich Adil schreiben?

Das Telefon zittert in meiner Hand, oder zittert die Hand mit dem Telefon? Mein Kopf ist leer. Sollte ich stattdessen nicht besser nachfragen, wie es Are geht?

Aber warum? Wozu soll das gut sein? Ich weiß doch, was passieren wird.

Mein Kopf ist leergefegt, nicht einmal ein Echo. Ich werfe einen Blick auf meinen Nachttisch. Wäre es sehr peinlich, ihm ein Gedicht zu schicken? Da liegt der Stapel mit den Lyrikbänden, die ich aus der Bibliothek geliehen habe. Viele Gedichte darin sind schön. Aber wenn ich ihm eins davon schicke, sind es nicht meine Worte. Wo ist das Gedicht, das ich letzte Woche abgeschrieben habe?

Ich greife nach der Anthologie mit den Liebesgedichten, schlage sie an der Stelle auf, wo ich den gelben Zettel reingeklebt habe.

Niemand zu sein, ehe jemand dich sieht

Rasch tippe ich die Worte ins Handy und drücke auf Senden, bevor ich Zeit habe, es zu bereuen.

Doch ich bereue es. Die ganze Nacht über bereue ich es. Adil antwortet nicht.

DAS ERSTE, was mir nach dem Aufwachen in den Sinn kommt, ist, dass ich die Schule schwänzen werde. Ich habe kaum geschlafen. Immer wieder bin ich plötzlich mit hämmerndem Herzen aufgeschreckt. Das bisschen Schlaf, das ich abgekriegt habe, war unruhig und wie auf Abruf. Ich habe die ganze Nacht mein Handy bewacht.

Ich habe Angst. Angst, dass jemand anruft und verkündet, Are ist tot. Angst vor Adils Antwort auf meine unfassbar pathetische Nachricht. Angst davor, dass er gar nicht antwortet.

Nichts passiert. Lediglich mein Handywecker klingelt und vibriert, und ich schaffe es nicht, aufzustehen. Ich höre, dass Else schon unter der Dusche steht. Sie singt. Probt. Sie singt so unglaublich gut. Die kluge, witzige, fleißige, talentierte Else. Wie oft hat sie mich schon mitgezogen. Hat mich fliegen lassen und zurück auf den Boden geholt.

Ich schließe die Augen und lausche auf Elses Lied. Lasse mich in den Schlaf zurückfallen.

Als ich wach werde, ist es mitten am Tag. Jemand hat mir ein Foto geschickt. Mama.

Ich blinzle auf das Bild und zoome zwei Lämmer ran. Neugeboren und klatschnass stehen sie auf ihren dünnen Beinchen neben ihrer Mutter, die sie trocken leckt. Ich kann das tiefe Blöken des Mutterschafs beinahe hören und die Antwort der Kleinen. Zarte, wacklige Stimmen. Ganz neu.

Warum bin ich gestern eigentlich zurück nach Bratteberg gefahren? Hätte ich nicht sagen können, dass ich das gerade nicht schaffe, dass ich viel zu erschöpft, besorgt und durcheinander bin?

Mama und Papa hätten mich niemals gezwungen zu fahren. Sie hätten mich verstanden.

Jetzt liege ich hier, schwänze die Schule und spüre, wie ich mich immer weiter von allem entferne. Von der Schule und von zu Hause, von Adil und Are. Von Else, die längst zum Unterricht aufgebrochen sein muss. Hat sie bei mir geklopft? Ich erinnere mich schwach an ein dumpfes Geräusch, ein Klopfen. Vielleicht hat sie sogar kurz reingeguckt. Dann hat sie mich wohl einfach schlafen lassen.

Die Nudeln werden weich. Ich starre in die Pfanne, Dampf im Gesicht. In der Küche ist es heller als in meinem Zimmer, von hier aus kann man in den Garten schauen. Man sieht ein Stück vom Rasen, einige Büsche mit grünen Knospen. Ich muss raus. Nach dem Essen muss ich raus und mich bewegen. Ich will bergauf stürmen, schwitzen, den ganzen Mist aus dem Kopf bekommen.

Draußen nähern sich Schritte. Ein zaghaftes Klopfen an der Haustür. Wer kann das sein, ich erwarte niemanden. Ich trage ein T-Shirt und meine Schlafanzughose, sehe aus wie ausgekotzt. Wer klopft bitte mitten am Tag an wildfremde Türen? Vielleicht sind es die Zeugen Jehovas oder wer weiß wer.

Wieder klopft es. Ich lege die Gabel beiseite und gehe zur Tür, ziehe meinen Pferdeschwanz fest. Ein großer, dunkler Schatten vor dem Glas. Ich öffne langsam, zögernd. Mein Herz macht einen Satz. Es ist Adil.

»Hi!«, sagt er mit einem unsicheren Lächeln. »Ist bei dir alles okay?«

Jetzt fühle ich mich wirklich zum Kotzen.

»Ja ... Hi«, erwidere ich schwach.

»Ich hab dich in der Schule nicht finden können, deshalb hab ich Else gefragt.«

»Hm, ja. Na ja, ich bin nicht ganz fit. Oder. Na ja.«

Adil schaut mir prüfend ins Gesicht. Seine dunklen Augen sind voller Wärme, voller Sorge. »Hat sie mir erzählt. Und auch, warum. Das mit deinem Freund. Are.«

Unsere Blicke treffen sich. Und sein Blick schlägt eine Schneise zu den Tränen in meinem Inneren. Verzweifelt versuche ich, sie zurückzuhalten. Ich will nicht.

»Das ist echt unfassbar traurig. Und ich verstehe, warum du ... na ja ... nicht mit mir zusammen sein willst.«

Mein Körper beginnt zu zittern. Ich friere, innerlich. Dass es kalt zur Tür reinzieht, kümmert mich dagegen nicht.

»Darf ich reinkommen?«

Ich nicke.

»Müsstest du nicht eigentlich in der Schule sein?«, frage ich kraftlos.

»Wir haben den halben Tag frei. Ihr doch auch? Weil morgen Abend die erste Bühnenprobe fürs Musical ist?«

»Oh.« Ich schaue an die Decke und schüttle den Kopf über mich selbst. »Hatte ich total vergessen. Also, dass wir freihaben. Na, Glück gehabt. Und ich dachte schon, ich würde gerade schwänzen.«

Adil grinst. »Ja, Glück gehabt!«

Adil füllt mein Zimmer beinahe komplett aus. Er guckt sich entspannt um. »Ein schönes Zimmer hast du«, sagt er.

Statt sich zu setzen, geht er zu meinem Bücherregal, zieht ein Buch raus. Ich werde rot. Plötzlich fällt mir das Gedicht wieder ein, das ich ihm geschickt habe und auf das er nicht geantwortet hat.

»Wenn du willst, mach ich uns einen Tee.«

»Gern.«

In der Küche schalte ich die Platte mit den Nudeln aus, die zu einem formlosen Brei verkocht sind. Ich lehne mich an die Wand und atme aus. Dass Adil in meinem Zimmer steht und meine Bücher begutachtet, ist mehr, als ich ertragen kann. Ich setze den Wasserkocher auf und gehe ins Bad. Oh Mann. Ich sehe tatsächlich völlig fertig und ungepflegt aus. Schnell bürste ich mir die Haare und suche einen einigermaßen sauberen Pullover. Ich habe noch nicht mal die Tasche mit den frisch gewaschenen Sachen von zu Hause ausgepackt.

Rasch pudere ich mir das Gesicht und gehe dann zurück in die Küche, um den Tee aufzugießen. Die heißen Tassen brennen in meinen Händen, sie zittern, als ich den Tee ins Zimmer trage.

Adil hat sich mit einem Buch aufs Sofa gesetzt, steht jetzt aber auf und nimmt mir die Tassen ab. »Hast du dich verbrannt?«, fragt er.

»Äh, nein.« Ich reibe die schmerzenden Handflächen am Hosenbein. Wir setzen uns jeweils auf einen der Sessel.

»Danke«, sagt er.

»Bitte schön«, sage ich.

»Für das Gedicht, meine ich.«

Ich schaue auf meine roten Handflächen, dann zu Boden. Drehe meinen Ring. »Ach das.«

»Das war richtig schön. Hast du das geschrieben?«

Ich muss lachen. »Nein. Das ist von Eldrid Lunden. Aber danke, dass du so eine hohe Meinung von mir hast.«

»Jedenfalls ist es superschön. Ich hab mich wirklich gefreut und es immer wieder gelesen.«

Wir schauen uns kurz an.

»Echt?«

»Ich hätte dir antworten sollen, aber ... Also, ich hab's versucht. Aber ich hatte keine Ahnung, was ich schreiben sollte. Wenn einem jemand so was Schönes schickt, kann man ja nicht irgendwas antworten.«

Wir schlürfen unseren Tee.

»Dein Zimmer ist echt schön. Ehrlich, ich bin ein bisschen neidisch. So langsam bin ich das mit dem Zuhausewohnen echt leid.«

»Tja. Und ich hab ziemlich oft Heimweh.« Ich lächele entschuldigend.

»Kann ich mir vorstellen.«

In diesem Moment fällt mir ein, dass die gefrorenen Fischfrikadellen, die Mama mir mitgegeben hat, immer noch in meiner Tasche liegen. Verdammt. Stinkt es womöglich nach Fisch?

»Dieser Freund von dir, der so krank ist ... Das muss schwer sein.«

Wie direkt er ist. Das gefällt mir.

Ich nicke langsam. »Ja. Er ist sehr krank. Ich darf ihn nicht mehr besuchen. Wir warten nur darauf ... na ja.«

Die Tränen kommen so plötzlich, dass ich sie nicht mehr zurückzuhalten oder wenigstens eindämmen kann. Adil kommt zu mir rüber, ich spüre seine Arme um mich. Er hält mich, streicht mir über den Rücken.

Ich bin in einem Rausch, einem Trauerrausch, einem Glücksrausch, ich schwebe davon. Adil hält mich. Und hält mich. Keine Ahnung, wie lange. Die Zeit verschwindet. Schließlich führt er mich zum Bett, stopft die Bettdecke um mich herum fest. Er setzt sich auf die Bettkante und streicht mir übers Haar, während meine Tränen langsam in eine schwere Trauer übergehen, tief, tief in mir.

Ich strecke mich nach ihm. Er umarmt mich, legt sich neben mich ins Bett, und ich klammere mich an ihn, suche ihn, suche seinen Mund, spüre seine Lippen auf meinen. Ich bin Trauer und Glück in einem.

Adil bleibt die ganze Nacht bei mir. Einmal werde ich wach, schlage erschrocken die Augen auf. Spüre seine Arme um meinen Körper. Weiß gar nicht richtig, ob es ein Traum ist oder Wirklichkeit.

Unendlich langsam begreife ich. Dass Adil bei mir ist. Mein Herz schlägt schneller, als hätte ich plötzlich Angst. Aber ich habe keine Angst mehr. Ich spüre nach, und meine Gedanken sind fest in mir verankert, fliehen nicht mehr wie verschreckte Hasen.

Ich beobachte ihn im Schlaf. Seine Lippen stehen ein wenig offen, seine weißen Zähne wie leuchtende Flächen in der Dunkelheit. Vorsichtig berühre ich sein Haar. Meine Finger zittern.

Wow. Er ist wirklich da. Ganz ruhig, mein Herz, ruhig.

Ich schlafe wieder ein und wache erst auf, als er mich berührt. Er liegt auf der Seite, hat sich auf den Ellenbogen gestützt und betrachtet mich, während er mit dem Zeigefinger die Linien in meinem Gesicht nachfährt. Entlang der Augenbrauen, der Lippen, über die Wangenknochen. Wir schauen uns an und lächeln. Ich finde keine Worte, und ich brauche keine.

»Begleitest du mich zur Bye-bye-Party nach der Vorstellung?«, fragt er mit heiserer Stimme. Er neckt mich. Ich mache mit und setzte ein überschwängliches Lächeln auf.

»Eine Bye-bye-Party? Wie exotisch! Und du willst mich mitnehmen?«

»Sehr gern, ja. Wir dürfen einen Freund oder eine Freundin mitbringen. Und du bist doch eine *Freundin*, oder?« Seine Augen funkeln frech.

»Jupp«, flüstere ich und blinzele hektisch.

Was mach ich jetzt? Es ist glasklar, er will, dass ich etwas sage, wir sind mehr als das. Ich hole Luft, aber dann schafft es kein einziges Wort aus meinen Gedanken in meinen Mund. Zwischen uns wird es still. Er wartet.

Auf meinen Zug. Wie beim Schachspiel. *Chess.* Das Spiel gerät ins Stocken.

Er seufzt leise und greift nach seinem Handy. »Mist. Ich muss los, ich muss vor der Schule unbedingt noch nach Hause.« Er setzt sich auf und beginnt sich anzuziehen.

Ich will ihn aufhalten. Die Arme um ihn schlingen und ihn bitten, noch ein bisschen zu bleiben, doch ich schaffe es nicht. Er steht auf.

Mitten im Raum dreht er sich um und schaut mich an. »Du bist wunderschön, wie du da liegst, weißt du das?«

»Du bist wunderschön, wie du da stehst, weißt du das?«

Endlich sage ich etwas Schönes, selbst wenn ich ihn nur nachahme. Etwas, das er mitnehmen kann, etwas Leuchtendes, das ihm verrät, was ich für ihn empfinde.

»Wir sehen uns später in der Schule, ja? Tschüss, *Freundin.*« Mit einem Grinsen ist er aus der Tür, bevor ich etwas erwidern kann.

Ich bleibe liegen und starre an die Decke. Kneife die Augen zu und seufze lächelnd. Kleine Stromstöße durchzucken meinen Körper, kleine, explodierende Sterne.

ELSE SITZT IN DER KÜCHE, als ich aufstehe und hinübertrotte, in derselben Kleidung, in der ich ins Bett gegangen bin, mit ungeputzten Zähnen und Haaren, die völlig durcheinander sind. Auch mein Herz ist durcheinander.

Sie schaut mich amüsiert an, beißt in ihr Brot. Ihre schmalen, geschwungenen Augenbrauen tanzen auf und ab wie die Flügel eines Albatros. »Rate mal, wen ich gerade bei uns im Flur getroffen habe! Adil! Ist das nicht total verrückt? Ich frag mich, was er hier gemacht hat. Weißt du das?«

»HA. HA. HA«, antworte ich und tue so, als wäre ich sauer. Dabei strahle ich wie die Sonne und das Grinsen nimmt mein komplettes Gesicht ein.

»Mensch, Mia, erzähl! Echt jetzt, ist er über Nacht geblieben?«

Ich werde rot und lasse mich auf den zweiten Stuhl an unserem winzigen Esstisch fallen. »Ja«, wispere ich und muss tief Luft holen.

»Wiiiiiihiiiiii!« Else klatscht in die Hände und reißt mich an sich. Sie legt die Handflächen rechts und links an mein Gesicht, sodass ich zu einem dicken Porzellanengel mit Doppelkinn mutiere. »JETZT wird es ernst, Mia. Scheiße, jetzt wird es ernst.«

Ich nicke und schlucke schwer. »Ja, ich glaube auch.«

»Yes! Das ist ja mal eine richtig gute Nachricht. Ihr zwei seid einfach ...«

Sie führt die Finger an den Mund und schmatzt einen Kuss in die Luft, bevor sie aufsteht und ihren Teller auf die Ablage räumt. Dann kommt sie zu mir zurück und umarmt mich.

»Ich freu mich so für dich«, flüstert sie in meine Haare. »Du brauchst ein bisschen Glück, Mia. Du kannst nicht ständig nur an Are denken.«

Ihre Worte sind lieb gemeint, aber urplötzlich meldet sich mein Gewissen.

Are. Ich habe heute noch überhaupt nicht an ihn gedacht. Bis jetzt. Ich springe auf und stürme in mein Zimmer, um aufs Handy zu schauen. Vielleicht hat jemand geschrieben. Vielleicht hat jemand angerufen. Vielleicht ist heute doch kein guter Tag. Vielleicht wird er schwarz wie die Erde.

Ich habe tatsächlich eine Nachricht bekommen. Erschrocken stelle ich fest, sie ist von Are! Wie kann das sein?

Mia Mia

Sonst nichts. Er hat sie erst vor einer halben Stunde geschickt. Ich will so schnell wie möglich antworten, ich freue mich so. Ich hätte nicht gedacht, dass er das noch kann, noch schafft. Schnell schicke ich ihm zwei Herzchen. Dann sinke ich auf den Fußboden, starre auf mein Handy und hoffe auf eine Antwort.

Nichts. Alles bleibt still.

Ich bin so dankbar für unsere
Freundschaft,

schreibe ich. Aber es kommt nichts zurück. Was ist passiert? Was passiert gerade, in diesem Moment, dort im Krankenhaus? Ist er bei Bewusstsein? Oder war er nur ganz kurz bei sich? Hat er die Nachricht überhaupt selbst geschrieben? Könnten es seine Eltern gewesen sein? Oder hat er die Krankenschwester darum gebeten?

Ich sollte seine Mutter oder seinen Vater anrufen, aber das kommt mir unmöglich vor, ohne dass ich sagen könnte, weshalb. Es sollte nicht so verdammt schwierig sein, jemandem zu schreiben und zu fragen, wie die Lage ist. Bin ich so feige, dass ich die Antwort nicht ertragen kann?

Ich sitze immer noch mit dem Handy im Schoß da. Das Display wird schwarz.

Else steht im Türrahmen. »Was ist los?«, fragt sie mit dünner, ängstlicher Stimme.

»Ich hab eine Nachricht von Are gekriegt. Aber ich versteh sie nicht. Er hat nur meinen Namen geschrieben.«

Else und ich halten einander. Stirn an Stirn.

»Ich werde ihn so vermissen«, flüstere ich.

»Ich auch. Ich auch.«

IRGENDWIE SCHAFFE ICH ES, auf die Beine zu kommen und mich auf den Weg zur Schule zu machen. Ich bin spät dran. Else ist schon vorgegangen. Eigentlich wollte sie warten, aber ich habe sie losgeschickt.

Jetzt trotte ich also ebenfalls los. Beim Gedanken an Adil flattert mein Herz. Nicht etwa hell und leicht wie ein dahinschwebender Schmetterling. Nein. Eher wie eine Motte, die ins Licht geflogen ist und sich in den Spinnweben unter der Lampe verfangen hat. Dort hängt sie und flattert vergeblich mit den Flügeln. Keine Chance, freizukommen.

Ich starre auf das Schulgebäude. Die vielen Fenster starren zurück. Mein Körper wird schwer. In meinem Kopf ist kein Platz für das, was dort vor sich geht. Wie soll ich heute irgendwas lernen? Irgendwem zuhören? Singen? Ich weiß, es ist sinnlos.

Ich gehe auf das Musikgebäude zu, komme am Raum für den Gesangsunterricht vorbei. Jemand klimpert auf einem Klavier. Ich bleibe stehen und lausche. Lehne mich an die Wand unter dem Fenster. Eine Lehrerstimme sagt: »Bist du bereit, Adil?«

Adil? Ich schnappe nach Luft, trete näher ans Fenster. Adil probt seine Solonummer. Räuspern. Klaviermusik. Dann seine volle Stimme. Tief und langsam. Mit einem schweren Vibrato. In der ersten Strophe klingt sie noch zaghaft, dann wird sie immer lauter. Mein Körper ist wie benommen, die

Knie sind weich, am liebsten würde ich zu Boden sinken. Ich schließe die Augen und sehe ihn vor mir. Wie er singt, seinen offenen Blick, die Handflächen zu den Zuhörenden gewandt. Niemand fesselt das Publikum so wie Adil.

And you ask me why I love her
through wars, death and despair.

Gänsehaut breitet sich in meinem Nacken aus. Ich werde nirgendwo hingehen. Ich werde jetzt nicht weglaufen. Ich stehe hier. Ich stehe hier, bis er kommt. Er wird mich draußen finden.

ADIL KOMMT MIT EIN PAAR LEUTEN aus seiner Klasse aus dem Gebäude. Als er mich entdeckt, hellt sich sein Gesicht auf. Er eilt auf mich zu, und bevor ich mich sammeln kann, küsst er mich. Es verschlägt mir die Sprache.

Jemand hebt die Augenbrauen, schaut zur Tür rüber. Da kommt Gunn. Soll sie doch ihre Haare ausschütteln. Von mir aus kann sie sie herumschleudern wie ein buntes Kettenkarussell, das bringt nichts mehr. Damit hat sie nicht gerechnet, das ist offensichtlich.

»Lange nicht gesehen«, murmelt Adil.

»Hi.« Ich lächele, würde am liebsten vor Glück strahlen, aber die Traurigkeit liegt schwarz in meinen Augen. Ich sehe, dass er es sieht. Ich will, dass er es sieht. Es ist okay, dass er es sieht.

»Wie geht's dir?« Er spricht sanft und leise, streicht mit dem Daumen leicht über meine Stirn.

Ich nicke nur, halte seinen Blick, sodass er ganz ohne Worte versteht, dass ich traurig bin. Und glücklich. So wahnsinnig glücklich.

»Ich habe dich gerade *Anthem* singen hören«, sage ich, und er erschrickt, wirkt auf einmal beinahe ängstlich.

»Echt?«

»Du bist großartig. Ich freu mich schon drauf, dich heute Abend auf der Bühne zu sehen und zu hören.«

»Und auf unser Duett«, er lächelt, »das wird jetzt gut, oder?«

Ich nicke und spüre, wie mir die Hitze ins Gesicht steigt.

»Gehen wir in die Mensa?« Adil legt den Arm um mich.

Ich kann es gar nicht fassen, da laufe ich, Arm in Arm mit Adil. Ich kann es wirklich kaum glauben. Aber er ist mein.

JENS RUFT AN. Es ist Abend. Es ist spät.

Ich stehe mitten in meinem Zimmer, wollte gerade ins Bett gehen. Jens ruft sonst nie an. Er schreibt, aber er ruft nicht an.

Mein Körper beginnt zu beben, die Knie geben nach, und ich breche auf dem Boden zusammen. Muss ich rangehen? Muss ich es mir anhören? Alle Kraft verlässt mich, ganz und gar, als meine Finger nach dem Handy tasten. Meine zittrigen Finger. Kraftlos. Meine Hand, kraftlos. Das Telefon fällt.

Ich falle. Ich falle in einen Nebel, alles ist unwirklich. Das Klingeln verstummt. Ich atme aus. Meine Brust schmerzt. Wieder ruft Jens an. Er gibt nicht auf. Dann drücke ich auf den grünen Hörer. Das Handy auf dem Boden, Jens' Stimme. Ich habe das Handy nicht auf Lautsprecher gestellt, er klingt dünn und weit entfernt.

»Hallo, Mia.«

Es ist unmöglich zu antworten.

»Mia? Bist du da?«

Es ist unmöglich zu antworten. Meine Stimme steckt irgendwo fest. Ich habe keine Luft, keine Stimme. Ich habe nichts.

»Are ist heute Abend gestorben.«

Ich höre Jens ins Telefon schnaufen. Schwere, konzentrierte Atemzüge.

»Mia? Hörst du mich? Sag doch was.«

Schnell drücke ich auf den roten Knopf. Er ruft nicht noch mal an. Ich krabble ins Bett. Der Nebel folgt mir. Schließt sich um mich, ertränkt mich.

Ist es passiert? Hat er angerufen? Hat er es gesagt?

Es fühlt sich so weit weg an, wie in einem Traum. Bin ich wach? War ich wach, als er angerufen hat?

Die dünne, dünne Stimme, weit, weit weg:

Are ist heute Abend gestorben.

Das Echo hallt in mir und erschüttert alles, was ich bin.

Es klopft leise an der Tür. Else steht davor, mit glasigem Blick. Sie schaut mich an und bricht in Tränen aus. »Mia. Süße. Jens hat mich angerufen und erzählt, dass ...«

Die Trauer schlägt zu. Alles zerbricht.

WIR LADEN die engsten Freundinnen und Freunde morgen um 14 Uhr zu uns nach Hause ein.
Der Sarg wird offen aufgebahrt, damit ihr euch von Are verabschieden könnt. Wir hoffen, dass ihr kommen könnt.
Leif und Anne

Diese Nachricht wartet auf mich, als ich aufwache. Ich starre auf den Text. Lese ihn mehrmals, bis das Display schwarz wird. Offen aufgebahrt. Are in einem offenen Sarg. Bei sich zu Hause. Ich weiß, dass ich hingehen sollte. Ich will hingehen. Ich sehne mich danach, ihn ein letztes Mal zu sehen, selbst wenn er tot ist. Und gleichzeitig macht es mir eine Heidenangst, schwarz vor Trauer. Aber ich muss.

Danke. Ich komme. Fühlt euch umarmt.

Ares Eltern sind so lieb zu mir. Wissen sie, dass er in mich verliebt war? Die ganze Zeit, als er krank war, und schon lange davor. Seit dem Sommer, als es ihn plötzlich überkam. Uns überkam. Wie schön der Sommer war. So unbeschwert, so aufregend. Ein kurzes Aufflackern. Aus dem Nichts. Auf dem Festival, im Zelt. In der Stadt, auf der Bank. In der Sommernacht in dem verfallenen Haus.

All das. Wie ein Band, das sich dehnte, an uns zog und zerrte. Uns beieinanderhielt. Und dann wieder auseinanderzog.

Ich scrolle durch meine Nachrichten und stoße auf die letzte, die Are mir geschickt hat. In den vergangenen Tagen habe ich sie tausend Mal gelesen.

Mia Mia

Es bleibt ein Rätsel. Die zwei Herzchen, und dann:

Ich bin so dankbar für unsere Freundschaft

Ich weiß nicht mal, ob er das vor seinem Tod noch gelesen hat. Ich hoffe es so sehr. Dunkelheit überkommt mich. Ich lese noch einmal, was seine Eltern geschrieben haben. Es ist zu verrückt, zu schrecklich, um es zu verstehen.

Ein Foto von Adil erscheint auf dem Display, dann der Klingelton, den ich für ihn gespeichert habe. Nein, nein, nein. Ich kann jetzt nicht mit Adil sprechen, das schaffe ich nicht. Ich lasse das Handy klingeln. Gleich darauf kommt eine Nachricht.

Ich hab gehört, dass Are heute Nacht gestorben ist. Es tut mir so leid. Darf ich dich anrufen, wenn du Zeit hast? Oder ruf du mich an, egal wann, ja?

Ich antworte nicht. Jetzt nicht.

MAMA HOLT MICH VON DER FÄHRE AB und fährt mich zum Haus von Ares Eltern.

»Ich warte hier, mein Schatz«, sagt sie, parkt das Auto und umarmt mich. »Du bist so stark.«

Dabei fühle ich mich alles andere als stark. Ich bin wie betäubt, habe Angst. Es tut gut, zu wissen, dass Mama in der Nähe ist. Dass ich aus dem Haus stürzen und mich in ihren Armen vergraben kann, wenn es zu schlimm wird.

Der Leichenwagen ist bis ganz an die Haustür gefahren. Ein tiefschwarzes Auto mit einem leuchtend weißen Kreuz auf dem Dach. Die Heckklappe steht offen, sie laden den Sarg aus. Den, in dem Are liegt. Ist das wirklich wahr?

Ich habe noch nie einen Toten gesehen. Weder meine Oma noch meinen Opa. An die beiden erinnere ich mich nur, als sie noch lebten.

Wenn ich jetzt da reingehe, werde ich mich dann später nur noch an den toten Are erinnern? Wird sich diese letzte Begegnung in meine Netzhaut brennen und alles Lebendige, alles Schöne überlagern?

Seine Eltern und die Bestatterin greifen nach dem Sarg. Freunde von Are eilen zu Hilfe.

Halvor und Jens kommen. Jens bricht beinahe zusammen, schluchzt hemmungslos. Else folgt hinter ihm, umarmt ihn, legt den Kopf an seinen Rücken. Halvor wirkt gefasster, er greift nach dem Sarg, hebt ihn an, hilft mit. Es sieht schwer aus. Das muss der Sarg selbst sein. Von Are ist ja kaum mehr was übrig.

Ich schließe die Augen und spüre seine schmale Hand, die meine umschließt. Seine Haut. Kalt, trocken.

Die anderen verschwinden im Haus. Ich hole tief Luft. Mein Körper will nicht gehorchen. Ich muss mir gut zureden, um mich in Bewegung zu setzen. Durchhalten. Mich zusammenreißen. Die letzten Kräfte mobilisieren.

DER SARG STEHT IN DER MITTE des Wohnzimmers auf dem Boden.

Wir versammeln uns darum. Einige halten sich an den Händen. Andere stehen wie festgefroren.

Niemand spricht. Hier gibt es keine Worte. Nichts als Tränen, die über die Gesichter laufen.

Als klaffte ein Riss in uns, durch den sich die Tränen zwängen und den Raum dahinter mit Trauer füllen. Schwer und dämpfend, alle anderen Geräusche verstummt.

Die Bestatterin macht sich daran, den Sarg zu öffnen.

Sie dreht ewig an irgendwelchen kleinen Holzdübeln herum, es bleibt still. Zusammen mit Ares Vater hebt sie den Deckel ab, es bleibt still.

Erst als sie den weißen, seidenweichen Stoff im Inneren aufschlägt, ist es nicht länger still.

Da liegt Are.

Leises Schluchzen klingt durch den Raum.

Ich höre mich selbst, von irgendwo tief innen, ein Geräusch wie aus einem vollkommen leeren Raum.

Eine hohle Klage, die sich in langen Tönen ausdehnt.

ARE. Are.

Vor dem Weiß wirkt seine Haut wächsern.

Das neu nachgewachsene Haar so dunkel.

Seine Lippen eingefallen. Dünne Falten, erstarrt.

Seine Augen so fest verschlossen.

Wie oft habe ich gehört, dass Tote aussehen, als schliefen sie?

Aber Are sieht nicht so aus, als würde er schlafen.

Ich glaube nicht, dass er jederzeit die Augen aufschlagen könnte.

Alles ist weg, verschlossen. Ich erreiche ihn nicht mehr.

ABER IRGENDWO IN MIR höre ich Are lachen.

Sein fröhliches, ansteckendes Lachen.

Ich schließe die Augen. Sehe ihn vor mir.

Sein Lächeln, den frechen Blick.

Er sagt etwas, wir sind noch klein.

Er kommt auf mich zu, fragt, ob ich mitspielen will.

Hat einen Ball unter den Arm geklemmt.

Dann ist er älter, nah neben mir.

Wir sitzen an einem Feuer, es ist Winter.

Ich spüre seine Nähe, spüre, dass er bei mir ist.

Wir lassen uns rücklings in den Schnee fallen, über uns leuchten die Sterne, und ich höre ihn sagen:

Es muss nur dunkel genug sein, dann sehen wir sie.

DER TAG VERSCHWIMMT. Ein Gefühl der Sinnlosigkeit liegt schwer wie eine Schicht Steine über mir. Als läge ich rücklings auf dem Boden und das Leben häufte Steine über mir an.

Mama streicht mir über den Rücken. Ich kuschele mich an sie und bin wieder Kind, und ich sehe in ihrem Blick, dass sie mit mir trauert. Dass sie mit Ares Eltern trauert. Sie selbst trauert auch, um den Jungen, den sie schon kannte, als er noch in zwei Hände passte.

Meine Tante ruft an und sagt, ich sei stark und mutig. Aber das bin ich nicht. Ich bin feige und schwach. Als er starb, hatte ich eine ganze Woche nicht mit Are gesprochen, hatte nicht einmal jemanden nach ihm gefragt. Obwohl er ständig in meinen Gedanken war, habe ich nichts getan.

Adil dagegen habe ich geschrieben. Ich war Adils Freundin, während Are starb.

Ich strecke mich langsam nach den Kopfhörern auf dem Nachttisch aus und höre wieder unser Lied. Das Lied, das wir gemeinsam geschrieben haben. Unsere Stimmen schmiegen sich in mein Ohr, sie klingen lebendig. So *da.*

Das Dunkel wächst, die Nacht beginnt.
Mein liebster Freund

Seine Stimme singt mich in den Schlaf.

Mamas sanfte Hände wecken mich. Sie hält mich so lange im Arm, wie ich will, und ich will nichts anderes.

»Vielleicht solltest du etwas über ihn schreiben«, sagt sie, »eine Art Nachruf. Das kann sehr schön sein.«

Mir fällt eine Szene aus einem Film ein. Eine Beerdigung. Ein Mann, der ein Gedicht an einem Sarg voller Blumen vorträgt. Irgendwas mit Uhren, die angehalten werden sollen, weißen Vögeln mit schwarzen Trauerbändern. Ich habe es vor mir gesehen. Das Schwarze und das Weiße.

Es ist nicht schwer, das Gedicht im Internet zu finden. Tatsächlich ist es ziemlich alt. Ein englischer Dichter namens Auden hat es 1936 geschrieben. Ich lese den englischen Text immer wieder. Viele, viele Male. Dann setze ich mich im Bett auf und arbeite mich von Zeile zu Zeile vor, übertrage das Gedicht, mache es mir zu eigen.

Die Uhren stoppt, reißt raus das Telefon,
einen Knochen für den Hund, dann schweigt er schon,
nein, kein Klavier, nur Trommeln, dumpf und schwer.
Tragt raus den Sarg, die Trauernden ruft her.

Flugzeuge solln im tristen Morgenrot
groß an den Himmel schreiben: »Er ist tot«,
die weißen Taubenhälse sollen schwarze Kragen,
die Polizisten schwarze Handschuh tragen.

Er war mein Nord, mein Süd, mein Ost, mein West,
mein Werk- und Feiertag, mein Dienst, mein Fest,
mein Wort, mein Lied, mein Mittag, meine Nacht;
die Liebe stirbt nicht, dacht ich; falsch gedacht.

Den Sternen sagt: »Wir wolln euch nicht, geht unter!«
Packt ein den Mond und reißt die Sonne runter;
kippt weg das Meer, den Wald lasst überfluten,
denn nichts mehr wendet sich ab jetzt zum Guten.

IM HALBDUNKEL MEINES ZIMMERS höre ich die Klingel. Ich setze mich im Bett auf. Ist es Abend oder Morgen? Balder liegt zu meinen Füßen, wirft mir einen besorgten Blick zu. Er riecht die Trauer, da bin ich mir sicher.

Mamas Schritte im Flur, sie öffnet die Haustür, sagt: »Na, so was! Das ist aber schön.«

Ich runzle die Stirn, dann höre ich Elses Stimme. Und eine weitere, fremd hier, doch vertraut. Adil.

Else und Adil. Die zwei. Die zwei, die sich so um mich sorgen. Adil ist also wirklich hergekommen? Zu mir nach Elvedal?

Zaghaftes Klopfen an der Zimmertür. Balder hebt den Kopf und spitzt die Ohren, bewegt sich aber keinen Millimeter weg. Dann sind sie da, stehen mitten in meinem Zimmer. In meinem halbdunklen, verhangenen Zimmer mit zugezogenen Vorhängen und stickiger Trauerluft. Adil wirkt unsicher. Er war noch nie hier. Hat mich noch nie so gesehen.

»Oh Mia«, sagt Else.

Wie auf ein geheimes Signal hin gehen sie auf mich zu, setzen sich rechts und links aufs Bett und umarmen mich. Wir reden nicht. Ich weine, Else weint, Adil tröstet uns beide.

Nach einer Weile kommt Mama und verkündet, dass sie Tee gekocht und Muffins gebacken hat, ob wir ins Wohnzimmer kommen wollen. Ich fühle mich kraftlos, und doch will ich gern mal raus.

»Komm«, sagt Adil und streckt die Hand nach mir aus.

Ich nehme sie, und er hält mich ganz fest. Zieht mich hoch. Langsam steige ich aus dem Bett.

»Ich muss nur kurz ins Bad«, sage ich.

Ich brauche dringend einen Schwung eiskaltes Wasser im Gesicht. Als ob das helfen würde. Meine Augen sind knallrot, die Wangen aufgedunsen. Meine Haare erinnern an einen halb vergammelten Heuballen. Ich schlage mir leicht gegen die Wangen. Habe keine Kraft, mich zu schminken. Das wäre völlig sinnlos.

Mama sitzt im Wohnzimmer und unterhält sich mit Else und Adil. Ich bleibe noch kurz im Flur stehen und sammle mich. Sie reden leise, aber angeregt, und ich höre, dass Mama froh ist. Sie weiß noch fast nichts über Adil. Ich habe ihr bisher nicht erzählt, dass wir zusammen sind, das wäre zu komisch gewesen, so, wie die Dinge stehen. Aber jetzt sitzen sie da und quatschen, und ich merke gleich, dass Mama begeistert von ihm ist. Wer ist das nicht? Ein warmes Gefühl steigt in mir auf. Mama mag ihn! Das macht mich stolz.

»Das ist *so* ein tolles Musical. Wusstet ihr, dass ich es Ende der Achtziger mal in London gesehen habe? Das muss tatsächlich kurz nach der Premiere gewesen sein. Das war wirklich ein Erlebnis! Und ihr habt also beide Hauptrollen?«, fragt sie.

»Ich bin Anatoly, der Russe, und Else ist Florence«, erklärt Adil und nickt Else zu.

»Ja, das hat Mia erzählt. Fantastisch. Ich hoffe wirklich, dass ich mir die Vorstellung anschauen kann und dass Mia es schafft, aufzutreten. Aber wir müssen abwarten, wie es weitergeht. Ich weiß noch nicht, wie wir das regeln, ich muss mit der Schule reden. Mia hat ja auch eine ziemlich große Rolle. Vielleicht wird es nach der Beerdigung leichter, ich weiß es nicht. Wir müssen sehen ...«

»Na klar«, erwidert Adil.

Ich trete ins Wohnzimmer. Alle drei schauen mich an. Ich entdecke die Zeitung, die direkt vor Adil auf dem Tisch liegt, die Seite mit dem Foto von Are ist aufgeschlagen. Und da steht auch das Gedicht, das ich übertragen habe. Bestimmt hat er es gelesen.

Mein Körper wird schlaff, ich könnte auf der Stelle zusammenklappen. Von den Rändern her schieben sich schwarze Flecken in mein Gesichtsfeld. Ich lasse mich neben Adil aufs Sofa fallen. Sofort legt er den Arm um mich und zieht mich besorgt an sich. Ich vergrabe den Kopf an seinem Hals und schließe die Augen.

Aber Mamas überraschten Blick spüre ich auch so.

»Ich lass euch mal allein«, sagt sie und räuspert sich. »Danke, dass ihr gekommen seid.«

Ich schlage die Augen auf. Sie guckt mich an, wie ich da sitze, in Adils Armen, und lächelt mich wunderschön an. Aufmunternd. Ihre Augen glänzen feucht. Hoffnung liegt darin, eine winzige, bebende Hoffnung.

DIE PASTORIN RUFT UNS AUF. Wir erheben uns. Jeder hält eine Rose in den Händen.

Mit ruhigen Bewegungen schieben wir uns seitlich aus den Bankreihen.

Wie Krebse in kochendem Wasser. Wir sind nicht entkommen.

In Trauer rot gegart stehen wir um den Sarg.

Ich presse die Rose an meine Wange. Die weiche, kühlende Blüte.

Raus aus der Kirche, in einer langen Reihe. All jene, die um Are trauern.

Die Sonne brennt in den Augen. Hier draußen herrscht der Frühling mit seinem scharfen Licht.

Wir alle, die direkt am Sarg stehen, sehen es.

Ein Schmetterling, der erste des Jahres, hat sich auf den weißen Kranz gesetzt.

Dort sitzt er mit gespreizten Flügeln und saugt Nektar aus den Lilien.

Berauscht vom Blütenduft folgt er Are ins Grab.

Auch die Pastorin hat den Schmetterling bemerkt und zögert mit dem ersten Schwung Erde. Doch dann fallen Erde und Steinchen von ihrem kleinen Spaten und prasseln auf den Sargdeckel.

Der Schmetterling hebt ab. Fliegt aus dem Grab.

»DU SCHAFFST DAS, Vögelchen«, sagt Papa beim Essen. »Du hast Talent. Du bist wirklich gut, ich hab dich doch proben gehört.«

Ich stochere in der Lasagne. Mama nickt, ist Papas Meinung.

»Wir fahren dich, mein Schatz. Wir fahren dich zur Generalprobe, zur Aufführung, wir holen dich auch wieder ab. Du musst nicht in Bratteberg bleiben. Dafür hast du gerade nicht die Kraft. Wir wollen dich natürlich nicht drängen, du musst selbst entscheiden, was möglich ist. Aber es wäre doch schade, wenn du das verpassen würdest, so ein besonderes Ereignis mit deiner Klasse, mit Else und Adil. Und sie würden sich so freuen, wenn du dabei wärst, obwohl gerade alles so schmerzhaft ist.«

Mein Gehirn versucht, sich vorzustellen, wie es wäre. Wie ich bei der Aufführung auf der Bühne stehe. Es fühlt sich unendlich weit weg an. Gleichzeitig merke ich, dass ich es will. Nicht nur für mich, auch für die anderen. Sie brauchen mich, meine Rolle. Die letzten Proben müssen schwierig gewesen sein. Ich weiß, dass es jemanden gibt, der für mich einspringen könnte, falls ich nicht komme. Ironischerweise ausgerechnet Gunn. Bestimmt hofft sie inständig, dass ich ausfalle, dass mich die Trauer vollkommen auffrisst. Aber ich kann ihr nicht mal böse sein. Sie ist echt gut. Und ich stehe völlig neben mir.

»Aber ... was, wenn ich plötzlich an Are denken muss, mitten in einem Song, mitten auf der Bühne, und den Text vergesse oder nicht mehr weitermachen kann? Wenn ich nicht wieder reinkomme, das Stichwort verpasse und alle auf mich warten?«

»Das wird nicht passieren. Du schaffst das, du hast genügend geübt, das klappt von ganz allein. Meinst du nicht auch?«, fragt Papa.

»Kann schon sein«, murmele ich. »Aber hinterher ist ja auch noch die Party, darauf freuen sich alle total. Wie soll ich mich amüsieren, wo alles so ... wehtut, noch so frisch ist? Das fühlt sich falsch an.«

Ich habe die Nudelplatten und das Hackfleisch auseinandersortiert. Nun kratze ich die Pasta mit der Gabel sauber. Weiß wie Knochen sehen die Platten aus, das kann man unmöglich essen. Ich muss an Ares weißschimmernde Knochensammlung im Schuppen denken. Das Seeteufelskelett am Strand, den Eifer in Ares Stimme. *Cool, oder?* Irgendwann werde ich seine Sammlung holen.

»Mia. Das ist nicht falsch. So was darfst du nicht denken«, sagt Mama ruhig. »Meinst du, Are hätte etwas dagegen gehabt, dass du es ein bisschen schön hast?«

Wieder ist da Ares Stimme in meinem Kopf: *Trink ein paar Bier für mich mit!*

Lächelnd und trotzdem bestimmt lag er in seinem Krankenhausbett und wusste genau, was geschehen würde. Und er hat es wirklich so gemeint. Weil ich ausgehen kann. Weil mein Leben weitergeht. Langsam atme ich ein. Nicke schwach.

»Weißt du, was? Ich finde, du solltest einen Ausritt machen

und dir ein bisschen den Kopf freipusten lassen«, schlägt Papa vor. »An die frische Luft zu gehen, tut immer gut.«

Ich weiß, dass er recht hat. Mein Körper ist wie Blei, aber ich werde es tun.

Ich werde das alles tun. Für Are.

TINDUR UND VINDFALAR WIEHERN LEISE, als ich mich der Weide nähere. Sie stehen im Unterstand und fressen Heu, aber nun drehen sie ihre großen Köpfe in meine Richtung und schauen mich fragend an. Sie ziehen sich noch ein Maul voll Heu aus dem Netz, dann traben sie eifrig auf mich zu.

»Ja, hallo, ihr Guten!« Ich trete ans Tor und warte, bis sie bei mir sind. Streichle ihre weichen Nüstern.

Sie nicken mit den Köpfen, geraten beinahe in Streit darüber, wer am nächsten bei mir stehen darf.

»Immer mit der Ruhe, ich will euch beide streicheln!«

Ihre dunklen Augen schauen mich an. Plötzlich legen beide die Köpfe auf meine Schultern. Einer rechts, einer links. Eine weiche Schwere. Es fühlt sich an wie eine Umarmung, und ich spüre, dass sich etwas in mir löst. Keine Tränen, etwas anderes, das bislang verborgen war, eingesperrt.

»Ihr seid so fein. So fein«, flüstere ich.

Vindfalar fährt mir mit dem Maul in den Nacken. Hinter mir winselt Balder, gleichermaßen aus Ungeduld und Eifersucht.

»Was meint ihr, wollen wir ausreiten?« Ich hebe die Halfter auf, die Pferde stampfen und scharren mit den Vorderhufen. »Wow, ihr habt ja jede Menge überschüssige Energie!« Ich muss lachen. »Die Hufe hoch, wer nebenher will.«

Mit einem Pferd auf jeder Seite gehe ich Richtung Scheune.

Zwischen den beiden großen Tieren, die so viel kräftiger sind als ich und die mir trotzdem folgen, fühle ich mich stark.

Ich sattle Vindfalar. Der Geruch nach Pferdeschweiß und Leder trifft mich wie eine tiefe Erinnerung. Ich steige auf, und sofort kann ich besser atmen. Mein Körper streckt sich, die Muskeln spannen sich an, ich spüre, wie jeder einzelne Knochen mich aufrecht hält.

Wir biegen in den alten Forstweg, der zur Alm führt, und die Pferde fallen gleich in einen Galopp. Der Weg ist breit genug für zwei Pferde, Balder wufft glücklich und versucht uns zu überholen. Wir sind so schnell, dass mir der Wind Tränen in die Augen treibt und die Haut an den Wangen glatt zieht, dass sie brennt. Der rhythmische Takt der galoppierenden Hufe auf dem harten Boden schlägt wie ein Puls in mir. Ein warmer, lebendiger Puls.

LANGSAM WIRD DAS LICHT GEDIMMT, und der Saal versinkt im Dunkel. Das Gemurmel des Publikums verebbt.

Hinter der Bühne herrscht absolute Konzentration. Zitternde Spannung, als der Vorhang zur Seite gleitet.

Die Scheinwerfer beleuchten die beiden Personen auf der Bühne, die vor einem Schachbrett an einem Tisch sitzen. Im Hintergrund flattern schwarze und weiße Quadrate.

Da ist Adil. Dort auf der Bühne, es kommt mir vor, als sähe ich ihn ganz neu. Er ist so unverkennbar. Er selbst und doch ein anderer. Er singt, bewegt sich, spielt ein Stück und geht ganz in seiner Rolle auf, ist genau dort, wo er hingehört.

Das Publikum ist sofort gebannt, völlig von ihm eingenommen. Er zieht alle mit, auch mich, elektrisiert mich, meine Gedanken sind bei ihm und bei dem, was auf der Bühne passiert.

Ich atme, ich lebe, ganz und gar. Ich bin bereit. Bin geschminkt, in meinem Kostüm, in meiner Rolle.

Jetzt bin ich dran.

DIE LETZTEN TÖNE VERKLINGEN, und Applaus brandet auf. Hallt durch die Aula. Die Leute stehen auf.

Das komplette Ensemble tritt auf die Bühne, wir stellen uns in einer Reihe auf, verbeugen uns zeitgleich, nehmen den Beifall entgegen. Meine Kiefermuskeln schmerzen schon richtig. Aber mein Lächeln vergeht nicht, es bleibt und bleibt, so wie der Beifall. Wir laufen von der Bühne, das Publikum klatscht weiter, wir kommen wieder hoch, verbeugen uns erneut. Die Leute jubeln, rufen, pfeifen. Applaus und Jubel fahren wie elektrische Stöße in meinen Körper. Ein Rausch.

Ich stehe zwischen Adil und Else, sie halten mich fest zwischen sich.

Wieder gehen wir von der Bühne, und schließlich verstummt der Applaus, geht über in das Summen begeisterter Stimmen.

ICH FRIERE. Die Härchen an meinen Armen stellen sich auf. Ich habe es geschafft.

Are, ich habe es geschafft.

Wir wuseln hinter der Bühne herum. Lachen, freuen uns, manche weinen sogar.

Da greift auf einmal eine Hand nach meiner, zieht mich mit sich auf die Bühne.

Auf die leere, stille Bühne, wo nur die Kulissen stehen geblieben sind.

Adil zieht mich an sich. Wir stehen mitten auf der Bühne und küssen uns.

Wenngleich der Vorhang geschlossen ist, fühlt es sich an, als stünden wir mitten in der Welt.

Alle sehen uns, niemand sieht uns.

Die Arbeit der Übersetzerin am vorliegenden Text wurde
vom Deutschen Übersetzerfonds gefördert.
Dieses Buch wurde mit Unterstützung von NORLA,
Norwegian Literature Abroad, Oslo, veröffentlicht.

NORLA
Norwegian
Literature Abroad

Wir danken Christa Schuenke für die freundliche Abdruckgenehmigung
der deutschen Fassung von W.H. Auden, *Funeral Blues.*
Wir danken Curtis Brown Ltd. für die freundliche Abdruckerlaubnis
von W.H. Auden, *Funeral Blues.*
Rechte an *I still haven't found what I'm looking for* Hal Leonard/U2, Bono.
Rechte an *You and I, I know him so well* und *Anthem* Benny Andersson,
Tim Rice und Björn Ulvaeus.

Themen: Schwere Krankheit und Tod

Wir produzieren nachhaltig
- Klimaneutrales Produkt
- Papiere aus nachhaltigen und kontrollierten Quellen
- Hergestellt in Deutschland

FSC www.fsc.org
MIX
Papier | Fördert gute Waldnutzung
FSC® C014496

Originalverlag: Det Norske Samlaget, Oslo
Originaltitel: *Splintra*
Umschlaggestaltung: formlabor unter Verwendung von Illustrationen
von shutterstock.com/ © Mariia aiiraM; Opas Chotiphantawanon
Aus dem Norwegischen von Meike Blatzheim
Lektorat: Katja Maatsch
Herstellung: Derya Yildirim
Satz: Dörlemann Satz, Lemförde
ISBN: 978-3-551-58556-1